nouvelles vertes

© ÉDITIONS THIERRY MAGNIER, 2005
ISBN 978-2-84420-377-9

Loi n° 49-956 du 16 juillet 1949 sur les publications destinées à la jeunesse
Maquette : Bärbel Müllbacher

nouvelles vertes

Précédées d'un poème
de Hubert Reeves

Nouvelles

Pierre Bordage
Benoît Broyart
Élisabeth Combres
Christian Grenier
Yann Mens
Viviane Moore
Jean-Paul Nozière
Mikaël Ollivier
Florence Thinard

EDITIONS
THIERRY
MAGNIER

Terre, planète bleue

Terre, planète bleue, où des astronomes exaltés capturent la lumière des étoiles aux confins de l'espace.

Terre, planète bleue, où un cosmonaute, au hublot de sa navette, nomme les continents des géographies de son enfance.

Terre, planète bleue, où une asphodèle germe dans les entrailles d'un migrateur mort d'épuisement sur un rocher de haute mer.

Terre, planète bleue, où un dictateur fête Noël en famille alors que, par milliers, des corps brûlent dans les fours crématoires.

Terre, planète bleue, où, décroché avec fracas de la banquise polaire, un iceberg bleuté entreprend son long périple océanique.

Terre, planète bleue, où, dans une gare de banlieue, une famille attend un prisonnier politique séquestré depuis vingt ans.

Terre, planète bleue, où à chaque printemps le Soleil ramène les fleurs dans les sous-bois obscurs.

Terre, planète bleue, où seize familles ont accumulé plus de richesse que quarante-huit pays démunis.

Terre, planète bleue, où un orphelin se jette du troisième étage pour échapper aux sévices des surveillants.

Terre, planète bleue, où, à la nuit tombée, un maçon contemple avec fierté le mur de brique élevé tout au long du jour.

Terre, planète bleue, où un maître de chapelle écrit les dernières notes d'une cantate qui enchantera le cœur des hommes pendant des siècles.

Terre, planète bleue, où une mère tient dans ses bras un enfant mort du sida transmis à son mari à la fête du village.

Terre, planète bleue, où un navigateur solitaire regarde son grand mât s'effondrer sous le choc des déferlantes.

Terre, planète bleue, où, sur un divan de psychanalyse, un homme reste muet.

Terre, planète bleue, où un chevreuil agonise dans un buisson, blessé par un chasseur qui ne l'a pas recherché.

Terre, planète bleue, où, vêtue de couleurs éclatantes, une femme choisit ses légumes verts sur les étals d'un marché africain.

Terre, planète bleue, qui accomplit son quatre milliards cinq cent cinquante-six millionième tour autour d'un Soleil qui achève sa vingt-cinquième révolution autour de la Voie lactée.

Hubert Reeves.

Césium 137

Pierre Bordage

.

– Il est défendu de sortir les jours qui viennent, les enfants.

– Pourquoi, maman ?

– Les vents soufflent de l'ouest. Ils apporteront… vous savez bien… *Césium 137.*

Maman avait toujours un peu de mal à prononcer le nom de l'ennemi invisible et terrible de l'humanité. Lorsque les vents chargés de pluie soufflaient pendant plusieurs jours, Césium 137 et son compère Strontium 90 sortaient de leur antre et se répandaient dans l'air, dans les champs, dans les forêts, dans les ruines, dans tous les recoins du pays quarantain. Personne ne les avait jamais rencontrés en vrai, mais chacun pouvait constater les traces de leur passage : les vieillards et les nourrissons mouraient par dizaines, les femmes enceintes faisaient de fausses couches, les nouveau-nés, animaux et humains, se présentaient avec une tête ou un membre supplémentaire, une peau maculée de taches noires, un corps plus allongé qu'une brindille ou plus rond qu'une pomme de terre… Des fois, on n'arrivait même pas à savoir si les bébés étaient des garçons ou des filles. Les « ni-nis », comme on les surnommait, ne vivaient en général pas longtemps. C'était mieux dans le fond : les habitants du pays quarantain n'aimaient pas contempler trop longtemps les images cruelles de leur malédiction. Bien sûr qu'on pleurait quand on jetait leurs corps inertes dans l'incinérateur, mais on se sentait soulagé, pour eux et pour leurs familles.

– Ce… soir ?

Andra leva un regard effrayé sur son grand frère Joz. Maman venait de sortir de leur terrier pour aller chercher les rations alimentaires du soir.

– Mais maman a dit que…

– C'est le moment où jamais. Puc nous attend.

– Elle va s'inquiéter.

– Tu viens avec nous ou pas ?

Joz aurait treize ans à la prochaine saison du grand soleil. Il se prenait déjà pour un grand avec son mètre soixante-dix et sa voix qui devenait de plus en plus grave. Il appartenait au clan des « lisses », ceux qui étaient nés sans cheveux ni poils, hormis les longs cils rêches qui bordaient ses yeux brun doré. Âgée de dix ans, Andra était, elle, pourvue d'une chevelure fournie, voire exubérante, mais Césium 137 s'était penché sur son berceau pour lui retirer deux doigts aux deux pieds et à la main gauche. Elle aurait tant aimé avoir des pieds et des mains plus fournis : quatre ou cinq ongles peints, c'est quand même plus joli que trois.

– Alors ? s'impatienta Joz.

Andra finit par acquiescer d'un hochement de tête. La curiosité et la peur de passer pour une trouillarde furent plus fortes que la consigne mater-nelle. Elle n'aimait pourtant pas savoir maman inquiète. Papa avait succombé à la maladie des taches cinq ans plus tôt. Les fleurs sombres sur sa peau avaient fini par ne plus former qu'une immense croûte brune. Il s'était éteint à l'issue d'une longue et atroce agonie, et Andra gardait de lui le souvenir de son visage enfin apaisé au creux de l'oreiller.

– On y va, dit Joz.

Ils gagnèrent le haut des terriers, reliés les uns aux autres par d'étroites et longues galeries étayées par des poutres vermoulues. Ils n'y croisèrent pas un adulte ni un enfant : quand venait la saison des vents de pluie, les familles du pays quarantain restaient confinées dans leurs terriers et attendaient le retour des jours meilleurs pour s'aventurer à la surface.

Muni d'un sac de provisions et de matériel, Puc les attendait en haut de l'escalier en colimaçon qui reliait le monde souterrain et la surface. Andra le trouvait séduisant avec ses grands yeux bleus et son sourire éclatant. Il n'avait qu'un bras, le droit, mais c'était le plus beau bras qu'on puisse imaginer, élégant, musclé, agile. Il devait également s'arrêter tous les quarts d'heure pour reprendre son souffle ou vomir de la bile. Il faisait partie de l'immense majorité des quarantains au cœur et au foie fragiles. Andra s'en moquait : elle s'imaginait très bien vivre en sa compagnie jusqu'à la fin de leurs jours.

– Andra, elle pétait de trouille ! ricana Joz.

– C'est pas vrai ! protesta la fillette, le regard vissé dans celui de Puc. J'voulais pas que maman s'inquiète, c'est tout.

Puc marqua un temps de silence avant de déclarer d'un air grave :

– Ma mère, elle dit toujours que c'est une épreuve terrible d'avoir des gosses dans le pays quarantain, parce qu'ils peuvent vous être enlevés à tout moment.

La pluie se mit à tomber lorsqu'ils s'élancèrent en direction de l'ouest. Andra se serait fait hacher sur place plutôt que de l'avouer, mais elle crevait de peur. Quelle idiote d'avoir accepté, par défi (pour plaire à Puc, surtout), de s'introduire dans l'antre maléfique de Césium 137 ! C'était Joz qui en avait eu l'idée, évidemment : puisque Césium 137 sortait les jours des vents d'ouest, il n'y avait pas de meilleur moment pour explorer la caverne où il habitait.

— Quel intérêt de se fourrer là-dedans ? avait objecté Puc (excellente question, la même qu'aurait posée Andra).

— Ben, sur place, on trouvera peut-être le moyen de vaincre la malédiction, avait argumenté Joz.

Comment résister à la perspective de devenir les héros du pays quarantain ? Joz et Puc, convaincus, avaient résolu de mettre leur projet à exécution le plus tôt possible. Un truc de guedin, ouais ! avait persiflé Andra. Mais une fille de dix ans n'avait aucune chance d'être entendue par deux garçons de douze ans (bientôt treize). Comme elle avait juré de ne rien dire aux grands, elle était devenue leur complice et avait décidé de les accompagner.

Elle le regrettait. Sa terreur augmentait au fur et à mesure que s'abaissait la lumière du jour. D'après Puc, qui avait étudié une vieille carte du pays quarantain chez son oncle, ils en avaient pour deux jours de marche.

— Et si les vents s'arrêtent avant ? demanda Andra. Si Césium revient chez lui pendant qu'on y est ?

Puc leva un regard inquiet sur le ciel :

— Y en a au moins pour dix ou douze jours de pluie. Enfin, j'espère.

Joz lui-même n'avait pas l'air très tranquille depuis qu'ils avaient perdu de vue le poteau qui marquait l'entrée des terriers. Leurs vêtements détrempés leur collaient à la peau. Ils s'arrêtèrent sous un gigantesque chêne jaune dont les ramures les protégèrent en partie de la pluie. Puc vomit une première fois, à genoux sur la mousse, se releva plus pâle que sa veste de coton blanc, tira de son sac un couteau et une boule de pecte qu'il mâcha d'un air pensif.

– Faut qu'j'en mange une tout de suite après avoir vomi, expliqua-t-il à Andra. Paraît que ça me fait du bien.

Les hommes partaient régulièrement dans le pays quarantain et en revenaient avec de grandes quantités de boules de pecte qui poussaient, disaient-ils avec un grand rire, dans de drôles d'arbres tombés du ciel. Petits et grands en mangeaient à chaque repas : elles permettaient, selon les anciens, de lutter contre les envoûtements maléfiques des démons Césium et Strontium.

Puc en proposa une à Andra :

– T'en veux ? C'est moi qui suis chargé de la bouffe.

Elle la refusa, le ventre noué, incapable d'avaler quoi que ce soit. Avec le couteau, ils taillèrent des bâtons dans les branches mortes et repartirent à la première accalmie. La nuit les surprit au beau milieu d'une zone morte, une plaine couleur de cendres où ne poussait plus un arbre, plus un brin d'herbe. Ils déployèrent la bâche dont s'était muni Puc et confectionnèrent une tente à l'aide des trois bâtons glissés dans les œillets. Un abri rudimentaire, mais suffisant pour les protéger de la pluie. Ils mangèrent des boules de pecte et s'allongèrent à même le sol, bercés par le crépitement des gouttes sur le plastique de la bâche. La peur et le froid empêchèrent Andra de trouver le sommeil, et aussi le remords d'avoir désobéi à maman, de lui causer de l'inquiétude. Les deux garçons ne dormirent pas davantage, à en croire leurs mines chiffonnées et leurs yeux bouffis le lendemain matin. Ils mangèrent chacun deux boules de pecte, assis sous la bâche, les yeux perdus dans l'immensité grise qui les entourait.

— Y a rien d'autre à bouffer ? grogna Joz.

— J'ai des barres, des biscuits et aussi des fruits secs, répondit Puc. Mais j'les mets de côté pour plus tard.

Puc s'était chargé du ravitaillement parce que son père, en tant que responsable des vivres, gardait en permanence sur lui la clef de la réserve. Il avait suffi à Puc de la lui piquer pendant son sommeil et de récupérer, en pleine nuit, des rations, une bâche, un couteau et une lampe.

— Mon père dit que c'est grâce aux pectes qu'on survit, reprit Puc.

— Peut-être, mais j'commence à en avoir ras le bol ! maugréa Joz.

Si l'un d'eux avait proposé de retourner aux terriers, sûr que les deux autres auraient sauté sur l'occasion, mais, comme personne ne voulait passer pour un dégonflé, ils plièrent la bâche et repartirent en direction de l'ouest.

Ils marchèrent toute la journée sous une pluie battante. Jamais ils ne s'étaient aventurés aussi loin dans le pays quarantain. Au sortir de la zone morte, ils franchirent une forêt touffue, irrespirable. Les troncs et les branches basses des arbres se couvraient d'énormes sphères pendantes dont certaines, éclatées, libéraient un liquide blanchâtre et collant. Ils s'enfoncèrent ensuite au milieu de collines habillées d'une herbe jaune, rêche, et d'une multitude de fleurs brunes à l'aspect menaçant.

– Des bisemortes, s'écria Puc. Faut surtout pas y toucher ! Mon père dit qu'une fois qu'elles se collent à la peau, on ne peut plus s'en débarrasser et qu'elles finissent par vous empoisonner le sang. Vérifiez qu'y a pas de trou dans vos godasses.

Il y avait évidemment des trous dans les baskets d'Andra, usées jusqu'à la corde. Alors Puc et Joz découpèrent des bandes de tissu dans leurs propres vêtements, les nouèrent autour des chaussures de la fillette et les fixèrent avec les bouts de cordes qui pendaient aux œillets de la bâche. Ils avancèrent toute la journée les yeux rivés au sol, s'appliquant à éviter les bisemortes, par endroits si serrées qu'elles formaient un véritable tapis d'un brun luisant presque noir. Une fois Andra buta sur une pierre tapie sous la mousse et faillit s'étaler dans les fleurs, mais Joz eut le réflexe de la saisir par le bras et de la maintenir debout.

– Dans certains cas, vaut mieux avoir deux bras plutôt que des cheveux ! commenta Puc.

Il fixa Andra avec l'un de ces sourires charmeurs dont il avait le secret.

– Enfin, c'est encore mieux quand on a la chance d'avoir les deux.

– C'est encore loin ? s'impatienta Joz.

– On devrait bientôt tomber sur…

Puc s'interrompit pour se pencher sur le côté et vomir. Il s'essuya les lèvres d'un revers de main et avala une boule de pecte avant d'ajouter : « Loire… »

Ils ne tardèrent pas en effet à distinguer Loire qui, telle une couleuvre géante, déroulait ses anneaux gris entre les collines pelées et les ruines d'une ancienne cité. L'immense cours d'eau effraya et fascina Andra. Les anciens disaient que les armées des démons s'étaient cachées dans son lit pour tromper les hommes, puis qu'après le grand cataclysme, ils en étaient sortis pour se répandre dans l'air. Césium 137 et son compère Strontium 90 avaient ensuite remporté la bataille farouche qui avait opposé les démons et s'étaient définitivement installés en pays quarantain. Les anciens ajoutaient que les deux tyrans perdraient la moitié de leur force au bout de vingt-cinq mille ans. En attendant ce jour lointain et glorieux, les hommes devaient se débrouiller pour déjouer leurs ruses.

Andra ne pouvait s'empêcher de trouver belles Loire et ses boucles nonchalantes, sa surface lisse, paisible, parsemée de taches ocre. Elle peinait à imaginer que cette eau paisible, enchanteresse, avait un jour accueilli les ennemis mortels des hommes. Curieusement, plus elle approchait de l'antre de Césium 137, et plus sa peur la désertait, comme de vieux vêtements s'en allant en lambeaux. L'excitation de la découverte l'emplissait maintenant tout entière. C'était la même chose pour les deux garçons, qui n'avaient pas assez de leurs yeux pour contempler les ruines étalées sur les deux rives, le pont majestueux dont il ne restait qu'une arche, les reflets des bâtiments éventrés sur le miroir du fleuve assombri par les nuages et piqueté par les gouttes éparses. Andra se rendit compte avec effroi qu'elle avait déjà oublié son existence d'avant, maman, le terrier, les galeries, les copines…

— Là-bas…

Puc désignait une grande cheminée dont le sommet dentelé dominait les crêtes arrondies des collines.

— L'antre de Césium.

Les lèvres de Joz s'étirèrent en une moue dubitative.

— Comment tu le sais ?

— D'après les anciens, il y a deux grandes cheminées au-dessus de son antre.

— J'en vois qu'une.

— L'autre est peut-être un peu plus loin. Ou moins haute. Faudrait aller voir.

La cheminée n'était pas aussi proche qu'ils ne l'avaient cru. Il leur fallut encore une demi-journée pour s'y rendre en longeant la berge de Loire, retardés par Puc qui devait s'arrêter régulièrement pour vomir, reprendre son souffle ou apaiser les battements de son cœur. Ils traversèrent d'autres ruines, moins étendues. Les monticules de gravats et de pierres disparaissaient parfois sous des plantes grimpantes aux larges feuilles dentelées et aux tiges hérissées d'épines. Elles ressemblaient de loin à des barbelés enchevêtrés et ne donnaient vraiment pas envie de s'y frotter.

Ils ne réussirent pas à toucher au but avant la tombée de la nuit. Ils se réfugièrent dans une masure de pierre dont la toiture à peu près intacte les dispensa de monter leur abri. Ils s'y étaient installés depuis moins de dix minutes quand Andra poussa un hurlement.

— Là ! Une bête !

Et pas une petite. La chose qui remuait occupait tout un coin de la masure.

— La lampe ! glapit Joz.

Puc alluma la lampe, dont le rayon dévoila, allongé sur une litière de brindilles, un énorme animal au poil noir, luisant, aux pattes griffues, aux yeux cruels et à l'immense queue nue.

– Un… rat! déglutit Joz. Un rat géant! Fichons le camp!

Il ne leur fallut que quelques secondes pour récupérer leurs affaires et déguerpir. Par chance, leur masse rendait les rats géants pataud et lents. Silencieux, sournois, ils essayaient de surprendre leurs proies pendant leur sommeil. Quand ils y parvenaient, ils pouvaient dévorer un homme en moins de dix minutes. Andra, qui en voyait un pour la première fois de sa vie, trembla d'épouvante une grande partie de la nuit.

– Y en a peut-être d'autres, murmura Joz, pas très fier lui non plus.

– Faut qu'on se planque dans un endroit haut, suggéra Puc. Là où ils peuvent pas grimper.

À la lueur de la lampe, ils dénichèrent une sorte de grande pierre plate au sommet d'un éboulis. Là, ils grignotèrent quelques fruits secs, burent une gorgée d'eau à la gourde et tirèrent directement la bâche sur eux avant de s'allonger à même la surface dure. Ils restèrent jusqu'à l'aube suspendus aux craquements, aux hurlements et aux grincements peuplant les ténèbres. Les vents, redoublant de violence, les contraignirent à s'agripper fermement à la bâche pour l'empêcher de s'envoler.

Il ne restait de l'autre cheminée qu'un moignon noirci aux bords en dents de scie. Entre les deux gigantesques constructions béait une cavité de plusieurs dizaines de mètres de profondeur dont le fond s'emplissait d'une eau boueuse hérissée par les gouttes de pluie. Les vêtements d'Andra n'avaient pas eu le temps de sécher au cours de la nuit, et leur humidité déclenchait sur sa peau des salves répétées de frissons – à moins que ce ne fût la peur.

Un peu plus loin se dressaient les vestiges de bâtiments assaillis par une végétation serrée et noire. Un silence chargé de menaces pesait sur les lieux.

– L'antre de Césium, chuchota Puc.

– Par où on entre ? souffla Joz.

Puc haussa les épaules. Sa pâleur, la crispation de ses traits et la teinte plus sombre de ses yeux alarmèrent Andra. La vie des quarantains fragiles du foie et du cœur pouvait s'interrompre à tout moment, comme la flamme d'une bougie soufflée par un courant d'air.

– Par là, peut-être…

Joz pointait le bras en direction d'une ouverture sur la base arrondie de la cheminée intacte.

– Attendons que Puc reprenne des forces, suggéra Andra.

Puc lui manifesta sa reconnaissance d'un sourire. Le vent poussait un troupeau de nuages noirs et pressés au-dessus des collines. Bien que n'ayant pas faim, ils se forcèrent à manger des pectes et à boire un peu d'eau avant de dévaler la colline qui descendait en pente douce vers la cheminée. À mesure qu'ils s'en approchaient, la construction se dévoilait dans toutes ses dimensions, dans tout son gigantisme. Ils se sentaient de plus en plus minuscules. S'il était à l'image de son antre, Césium 137 était plus redoutable, plus effrayant encore que ne le proclamaient les légendes. Ils ralentirent le pas lorsqu'ils arrivèrent au pied de la cheminée et s'engagèrent dans l'escalier qui conduisait à l'ouverture. Le silence de plus en plus épais, de plus en plus menaçant absorbait le bruit de leurs pas et le souffle rauque de Puc.

L'ancienne porte métallique arrachée de ses gonds gisait, gondolée, rouillée, sur le sol. Ils hésitèrent avant de s'engager dans l'ouverture.

– T'es sûr et certain qu'il est pas là ?

Joz avait posé sa question à voix basse. Sa lèvre inférieure blanchissait sous la pression continue de ses dents.

– Les vents d'ouest continuent de souffler, dit Puc. Césium rentrera pas de si tôt. Qu'est-ce que t'en penses, toi, Andra ?

Flattée que Puc lui demande son avis, Andra afficha un air déterminé.

– Puisqu'on est là, autant aller jusqu'au bout, non ?

Puc hocha la tête et fut le premier à se glisser dans l'ouverture, suivi d'Andra et de Joz. À l'intérieur de la cheminée régnaient des ténèbres profondes. Le rayon de la lampe révéla des enchevêtrements de poutrelles métalliques, des cloisons affaissées, des armoires défoncées, des papiers éparpillés, divers objets que les intrus furent incapables d'identifier.

À force d'explorer le fouillis, ils dénichèrent un passage, un couloir dégagé qui débouchait quelques mètres plus loin sur une pièce au plafond bas meublée d'une table ronde et de chaises renversées. L'antre de Césium ressemblait furieusement à un terrier quarantain, le gigantisme en plus.

– Là ! hurla Andra.

Elle montrait d'un index tremblant la silhouette claire qui venait de faire son apparition au fond de la pièce.

– Cé… Césium ! s'exclama Joz.

Il lâcha son bâton, voulut reculer vers l'entrée du couloir, se prit les pieds dans un amoncellement d'objets, s'affala de tout son long sur le sol. Le temps qu'il se relève, fou d'épouvante, un rayon puissant s'alluma et emprisonna les trois visiteurs dans son halo étincelant. Ils restèrent éblouis, pétrifiés, incapables de bouger, comme des rongeurs hypnotisés par l'œil d'un reptile. Une voix s'éleva tout près d'eux, plus puissante qu'un coup de tonnerre. Cette fois, Andra en avait la certitude, ils allaient être punis de leur audace, ils ne reviendraient jamais dans les terriers. Elle ne se désolait pas de sa disparition prochaine, les quarantains étant habitués depuis leur plus jeune âge à vivre en compagnie de la mort, elle regrettait amèrement de partir sans avoir eu le temps d'embrasser sa mère. La voix tonna une deuxième fois, un peu moins puissante. Andra crut reconnaître quelques mots dans le flot sonore accompagné de crachotements.

– … fichez… réacteur… enfants…

À l'issue d'une série de grésillements, de déclics, la voix retentit encore, nettement moins forte.

– Qu'est-ce que vous fichez dans ce réacteur, les enfants ?

Ce fut Andra qui recouvra la première l'usage de la parole.

– Vous… vous êtes le démon Césium 137 ?

Il se passa un temps de silence avant qu'un rire éclate et que le rayon étincelant tremble légèrement.

– Le césium 137, un démon ? s'étonna la voix. C'est juste un radionucléide, une saloperie qui provoque des malformations congénitales, des trous dans les reins et des cancers variés.

Les trois visiteurs ne comprenaient pas tout, et même pratiquement rien, mais l'intonation de la voix, plutôt amicale, les rassurait. Ils distinguaient, de l'autre côté de la source lumineuse, la silhouette claire qui se tenait à moins de cinq mètres.

– Vous vivez dans la zone irradiée ?

– La zone irradiée ? s'étonna Puc. Là où on habite, ça s'appelle le pays quarantain.

Nouveau temps de silence.

– Oui, bien sûr, quarantain comme quarantaine, dit la voix. Après l'explosion du réacteur, la zone a été bouclée sur un rayon de quatre cents kilomètres. Bon Dieu, je ne pensais pas… je ne pensais pas…

La voix s'interrompit, comme étranglée par la tristesse.

– C'est quoi un radiucléide ? demanda Andra.

– Radionucléide. Des isoto… enfin des particules si petites qu'on les respire et qu'on les mange sans les voir. Une fois dans le corps, ils provoquent des maladies mortelles, des malformations…

– C'est pour ça que j'ai que trois doigts aux pieds et à une main ? Pour ça que Joz n'a pas de cheveux ? Pour ça qu'il manque un bras à Puc et qu'il arrête pas de vomir ?

La voix ne répondit pas tout de suite.

– Ça s'est passé il y a cent quarante ans, reprit-elle, toujours imprégnée de tristesse. Je suis surpris de trouver des êtres vivants. Nous avons continué à parachuter de la pectine, mais nous pensions que c'était une mesure dérisoire, que la zone était complètement déserte.

– C'est parce qu'on vit dans les terriers, expliqua Puc. Sous terre, les démons ne peuvent pas nous atteindre. Nos pères disent qu'ils ramassent les boules de pecte des arbres tombés du ciel.

– La pectine est censée réduire l'absorption de radionucléides, de particules toxiques si vous préférez. Mais avec les milliards et les milliards de becquerels qui polluent la zone…

– Des becque… quoi ? croassa Joz.

– Becquerels, l'unité de mesure de la radioactivité. Sortons du réacteur : vous respirerez un peu moins de saloperies et nous serons mieux pour parler, d'accord ?

Balthazar leur raconta qu'il était le premier à descendre dans la zone contaminée depuis cent quarante ans. Il parlait au travers d'un micro dont il pouvait régler le son. Sa combinaison était faite d'un matériau souple et tout nouveau qui l'isolait de la radioactivité (c'est comme ça qu'il appelait la malédiction des démons). On apercevait son visage, derrière son masque transparent et teinté de jaune, son visage aux traits fins et réguliers, un visage qui semblait venir d'un autre monde, appartenir à une autre espèce. Le réacteur nucléaire (l'autre nom de l'antre du démon) avait explosé une nuit de juin 2008, on ne savait pas pourquoi, peut-être une action terroriste, peut-être l'usure, peut-être une négligence humaine… Le gouvernement de l'époque avait immédiatement bouclé la zone irradiée en espérant que les vents ne disperseraient pas trop le nuage

nucléaire (les démons échappés de leur antre).
Balthazar leur montra un compteur qui, lorsqu'il
pressait le bouton sur le côté, émettait d'affreux cré-
pitements. Ça signifiait que le pays de la quarantaine
n'était pas habitable pour les gens comme lui. Et
qu'il resterait interdit aux autres hommes sans doute
pendant des millénaires. Déjà, avec sa combinaison
protectrice, son masque et l'air pur qu'il avait emmené
avec lui, il n'était pas certain à cent pour cent de revenir
indemne de son expédition. Il se déclarait en tout
cas très heureux de converser avec des quarantains.
Parfois des larmes coulaient de ses yeux tandis qu'il
s'emportait contre la folie des hommes. Il leur affirma
qu'ils n'avaient pas à craindre les démons et qu'ils
devaient suivre les sages conseils de leurs parents :
rester le plus possible sous terre pour éviter de respirer
de trop grandes quantités de radionucléides (Andra
adorait ce mot).

En fin d'après-midi, alors que les nuages se déchi-
raient et révélaient un ciel bleu sombre, un grondement déchira le silence, puis, après que Balthazar
eut échangé quelques mots avec un invisible inter-
locuteur, une sorte de cage descendit des hauteurs
et vint flotter à quelques mètres de lui, soutenue
par une chaîne. Visiblement ému, il souhaita bon
courage à Andra et aux deux garçons avant de s'y
installer et de s'agripper aux barreaux. La cage s'éleva
tout doucement et disparut dans les airs. Le grondement s'estompa.

– Alors, comme ça, on peut pas lutter contre
Césium 137, soupira Joz après un interminable
moment de mutisme. On peut pas combattre l'air
qu'on respire ni l'eau qu'on boit.

Il paraissait déçu : il avait sans doute prévu de défier le démon comme les chevaliers des temps anciens se mesuraient aux dragons.

— Oui, mais, maintenant qu'on sait, on aura plus la trouille, rétorqua Puc. On n'est pas des maudits, seulement les descendants de ceux qui ont eu la malchance d'habiter dans le coin.

— Ben, si ça c'est pas une malédiction, je sais pas ce qu'il te faut, grogna Joz.

— Moi, je le trouve gentil, Balthazar, dit Andra. J'espère qu'on le reverra. On devrait retourner aux terriers maintenant. On a pas mal de trucs à raconter.

Ils se remirent en chemin le cœur léger, en direction de l'est. Ils avaient l'impression d'être poussés et soulevés par le vent. Ils coururent entre les collines en semant leurs grands éclats de rire dans le silence crépusculaire. À aucun moment Puc ne s'arrêta pour reprendre son souffle ou apaiser les battements de son cœur.

Bas les masques

Benoît Broyart

Des semaines que ça dure. Je t'observe dès que tu tournes le dos, lorsque je suis certain que tu ne me regardes pas. Trop coincé pour t'adresser la parole. Trop coincé tout court. Ce que je préfère, c'est la façon que tu as de balancer ton sac sur l'épaule à la fin du cours. Tu lances un drôle de regard aux profs avant de quitter la salle. De la provocation. On dirait que tu attends une réflexion. Mais ça ne vient pas. Tu as de très bons résultats, alors les profs te laissent tranquille. Ils n'ont rien à dire. Derrière la vitre de ton masque, je vois briller deux petites billes foncées. L'épaisseur du verre m'empêche de connaître la vraie couleur de tes yeux mais je suis sûr que tu as les plus beaux de la classe. Aujourd'hui, tu es assise au premier rang. Tu ne bouges pas. Comme moi, tu attends que le vieil homme se mette à parler. Il se racle la gorge plusieurs fois et tousse. On dirait que son masque l'empêche de respirer.

« Bonjour à tous. Je m'appelle Michel Leroy. Votre professeur d'histoire a eu la gentillesse de m'inviter en qualité de témoin. Je ne suis pas là pour vous faire cours. Simplement, mon grand âge et mon passé de militant écologiste font que je connais assez bien le problème de la pollution atmosphérique.

J'ai consacré la première partie de ma vie à la recherche et à la lutte, avant de proposer des interventions
comme celle d'aujourd'hui. En vingt ans, j'ai rencontré des centaines de jeunes pour leur expliquer
que nous n'avons pas toujours vécu ainsi.

On connaît mal, finalement, la cause principale
de la dégradation de l'air. Les facteurs déclenchants
ont été si nombreux qu'il paraît difficile, encore
aujourd'hui, de trouver un coupable unique. Disons
pour faire court que l'activité humaine, en quelques
dizaines d'années, a abîmé la planète au point de
nous obliger à porter cet accoutrement. Chaque
matin, avant de quitter votre lit, vous avez appris à
passer en revue tous les éléments de votre panoplie.
Rien ne vous échappe ; vos parents ont su vous ensei-
gner très tôt les gestes indispensables, heureusement.
C'est devenu pour vous une habitude. »

Chloé, je donnerais n'importe quoi pour être là
quand tu entres dans la bulle de ton lit, le soir, que
tu enlèves enfin ta combinaison et ton masque.
Quelle est la longueur de tes cheveux, leur couleur ?
Rien ne dépasse. Autrement, le vêtement ne serait
plus étanche et tu risquerais d'étouffer. Ta capuche
est plus gonflée que celle des autres filles de la classe ;
je parie que tu as les cheveux longs. Je les imagine
lisses et noirs. Je donnerais n'importe quoi pour me
trouver juste à côté de ton lit et te regarder dormir.
Je serais invisible. Je ne te dérangerais pas.

J'aime la façon que tu as de marcher. Tu fais crisser
le tissu épais à chaque pas. Je fonds dès que tu
marches devant moi. Il faudra que j'arrive à te parler.
Ce n'est pas gagné. J'ai peur que tu ne me répondes

pas, que tes yeux deviennent durs derrière ton masque. Tu n'ouvres pas la bouche mais tu sembles me dire : *Pourquoi m'adresses-tu la parole ? Une fille comme moi, tu rêves ?* Tu n'aimes pas parler. Tu le fais seulement quand tu es obligée. C'est bien pour ça que tu détestes la prof de SVT. *Chloé, pouvez-vous me donner la définition d'un saprophyte, s'il vous plaît ?* On dirait qu'elle le fait exprès. Elle voit bien que tu n'as pas envie. Une petite voix métallique finit par sortir de ton masque. Une voix qui ne te ressemble pas. Tu butes sur un mot, reprends ta respiration et manges la moitié de la phrase. Comme si ça ne suffisait pas, l'autre te demande de répéter. Parce qu'il faut que toute la classe entende. J'ai le même problème. Ça nous fait un point commun. Tous les deux incapables de hurler.

« En classe, vous avez étudié les dates les plus importantes. J'aimerais revenir aujourd'hui sur ce que les gouvernements ont considéré à l'époque comme des détails. Sachez que les choses se sont faites petit à petit. C'est pourquoi je reste persuadé qu'un tel désastre aurait pu être évité. Vous avez sans doute entendu parler des manifestations d'octobre 2020. Je crois que c'est au programme de seconde. Je ne me trompe pas, madame Blain ?

– Vous avez raison. Nous l'avons étudié il y a une quinzaine de jours.

– Très bien. C'est donc encore frais dans vos esprits. J'avais trente ans. Les manifestations se succédaient, parfois très violentes. J'étais au premier rang avec les militants les plus radicaux. Imaginez-vous. Nous avancions à visage découvert. Les masques n'étaient pas encore obligatoires pour tous. Ils étaient réservés aux plus fragiles. Les enfants, les vieillards et les malades. Cette disparition progressive des visages nous semblait dramatique. Nous craignions de voir arriver le jour où nous serions tous obligés de nous protéger. »

Ton visage, je me le suis imaginé souvent. J'ai laissé longtemps grandir en moi le peu de détails que notre équipement permet de connaître. L'autre soir, j'ai même essayé de te dessiner. Chloé, je voudrais que tu sois ma première fois. Je prendrai soin de t'enlever le masque moi-même. Lentement, je caresserai ton front, tes yeux, ton nez puis ta bouche avec mes deux mains pour que nous fassions vraiment connaissance. *Tu rêves. Une fille pareille ne sera jamais pour toi.*

M. Leroy s'est arrêté pour reprendre son souffle. Un sanglot lui a échappé puis il est resté un moment silencieux. J'ai cru que Mme Blain allait finir à sa place.

« Excusez-moi. Je suis toujours très ému quand je repense à cette époque. Si nous avions pris les mesures nécessaires, nous n'en serions peut-être pas là. Il aurait fallu agir avant, de toute façon. De nombreux signes auraient dû nous alerter. Mais c'était chaque fois la même chose. Appliquer le principe de précaution demandait trop d'efforts. Et les scientifiques tardaient à trouver des preuves. C'était possible que la forte émission de gaz à effet de serre soit responsable de la modification du climat mais difficile de le démontrer. La température a augmenté régulièrement et l'ozone a fait les ravages qu'on sait dans les grandes villes. Nous sommes parvenus à une telle concentration qu'il est devenu impensable depuis longtemps de respirer sans masque.

Combien de visages connaissez-vous aujourd'hui ? Une dizaine, peut-être un peu plus. Disons une vingtaine. C'est dramatique de devoir s'isoler ainsi pour vivre, d'avoir vu finalement si peu de ses semblables ? Pas de visage, pas de corps. Rien ne doit dépasser sous peine de mort. C'est insoutenable ! Et on pourrait multiplier les exemples. Avez-vous posé votre nez, ne serait-ce qu'une fois, sur une fleur pour respirer son parfum ? »

Il tousse et suffoque après chaque mot. Cela devient difficile de saisir le sens de ses paroles. Il a fini par adopter un ton amer, comme s'il en voulait à la terre entière. J'aimerais lui dire que nous n'y sommes pour rien, que nous l'avons trouvée comme ça la Terre, et qu'il nous faut bien vivre avec.

Tu t'es retournée. J'ai cru d'abord que tu m'avais entendu penser et que ton regard était pour moi. J'ai vu tes deux petites billes sombres, soudain inquiètes. En réalité, tu as vite compris qu'il se passait quelque chose de dramatique. C'est Mme Blain que tu as regardée se lever. Les propos du vieil homme commençaient à devenir incohérents. Il ne lisait plus ces feuilles depuis longtemps.

La prof a traversé la salle en courant dès qu'elle a vu M. Leroy plaquer ses deux mains sur son masque pour l'enlever mais elle n'a rien pu faire. Le vieil homme n'a pas voulu l'écouter. Il a utilisé ses dernières forces pour se libérer puis nous a regardés un moment sans rien dire. Je crois qu'il a essayé de sourire. Je m'étais trompé sur son compte. Il voulait nous offrir son visage. Il souffrait trop de porter ce masque en permanence. La classe a eu un mouvement de recul. La peur et le manque d'habitude. Certains se sont mis à crier parce qu'ils ne comprenaient pas son geste.

J'ai regardé le vieil homme bien en face. Il était plein de rides et avait les yeux très clairs. J'aurais voulu faire comme lui, juste pour qu'il voie mon sourire. Quelques secondes. Il aurait fallu que je retienne ma respiration. Je suis sûr que Chloé était à deux doigts de le faire aussi. Je me suis dégonflé au dernier moment.

Le vieil homme est tombé inanimé au pied du bureau au bout d'une minute. La prof a ouvert la fenêtre et fait de grands signes aux infirmiers. Ils sont entrés dans la classe et ont placé M. Leroy sur le brancard. Nous ne l'avons plus revu. Mme Blain nous a appris récemment qu'il s'en était sorti de justesse. Il restera à l'hôpital quelques semaines pour se reposer.

Cette nuit, tu viens dans mon rêve. Nous marchons tous les deux dans la rue. Tes cheveux cachent tes épaules. Tu te tournes vers moi pour savoir si je veux bien t'accompagner dans un grand parc. Je regarde tes lèvres rouges bouger et te suis sans répondre. Je suis fasciné par la pâleur de ton visage. Il y a de grands arbres autour de nous. Les oiseaux font un bruit d'enfer. Tu me prends la main au moment où je ne m'y attends pas. Ça y est, c'est sûr, nous sommes ensemble et tu vas m'embrasser sur la bouche.

Chasse aux gorilles

Élisabeth Combres

– Grand-mère, grand-mère, quand je serai grand, je serai chasseur ! J'aurai un gros fusil et je me battrai contre les animaux féroces !

– Qu'est-ce que tu racontes, Gaspard ? Viens un peu par ici, lança la vieille femme assise devant la maison.

Elle faisait face à la cour bordée de bananiers dans laquelle son petit-fils caracolait, les doigts en forme de pistolet, hurlant des « pan », des « boum » et des « rrrroooaaarrr ».

La grand-mère se leva, se dirigea vers lui en souriant et le prit par la main, interrompant la folle poursuite qu'il menait contre un lion rugissant. Elle le poussa doucement devant elle, tapotant ses cheveux crépus coupés ras tandis qu'il continuait à sautiller sur place. Elle l'amena ainsi jusqu'au petit banc de terre séchée contre le mur de la maison.

– Maintenant assieds-toi et écoute-moi bien, j'ai une histoire à te raconter : on y parle de chasseurs, d'animaux sauvages et de gros fusils.

– Chouette, dit le petit garçon en se pelotonnant contre le corps généreux de sa grand-mère.

– C'est une histoire triste, tu sais. Elle s'est déroulée ici, il y a très longtemps.

Les hommes formaient une courte colonne, ils se suivaient de près, s'attachant à faire le moins de bruit possible. Ils avaient pénétré dans le Parc depuis une heure à peine. Ils savaient qu'ils n'avaient pas le droit d'être là, encore moins de venir y chasser l'antilope. Mais ils n'avaient plus le choix aujourd'hui. Ils avaient tous des familles à nourrir. Or depuis la création du Parc qui abritait des gorilles menacés d'extinction, on leur avait confisqué des terres et interdit d'en défricher de nouvelles. Bien sûr, il y avait encore des terrains cultivables et propices à l'élevage en bordure de la forêt protégée, mais le maire et les notables du village se les étaient appropriés.

Justin marchait derrière son père dont il voyait les semelles usées soulever la boue à chaque pas. Il avait à peine seize ans, mais il aimait participer à ces chasses dans le Parc. C'était excitant, comme toutes les choses interdites. C'était nécessaire aussi, son père lui avait expliqué pourquoi : sa petite sœur, à six ans, ne grandissait plus, faute de manger à sa faim. Elle devenait de plus en plus faible. Alors, avec ou sans autorisation, il fallait chasser pour que Jeanne grandisse. Au retour de ces expéditions risquées, les hommes se partageaient une petite part du gibier abattu et vendaient le reste, les beaux morceaux, au marché noir. Ainsi, le père se procurait un peu d'argent pour nourrir ses enfants. Ce n'était pas suffisant pour qu'ils mangent correctement, mais c'était mieux que rien.

Justin aimait explorer cette forêt dense. Chaque fois qu'il rentrait, il prenait Jeanne sur ses genoux et lui racontait ce qu'il avait vu. Il racontait à sa manière, pour la faire rêver et voir ses yeux illuminer son visage émacié. Tu sais, Jeanne, j'ai découvert les secrets de ce grand labyrinthe vert, lui disait-il en chuchotant au creux de son oreille. J'ai bondi sur les tapis de feuilles en suspension. Je me suis perdu dans les souterrains sombres, sous les bambous qui se referment en voûte épaisse. J'ai pataugé dans la boue. Je me suis caché derrière les cascades végétales qui colorent la forêt de mille nuances de vert. J'ai secoué les tiges géantes qui s'enfoncent dans la brume blanche, comme j'aurais remué une cuillère dans un gigantesque pot de crème à l'envers…

Le jeune homme fut brutalement tiré de sa rêverie par un coup de feu, puis il vit avec horreur son père s'effondrer devant lui. Des cris s'élevèrent, les hommes se penchèrent sur le chasseur à terre. Il vivait. Ils le soulevèrent, lui soutirant des gémissements de douleur, puis firent demi-tour et s'enfuirent vers le village.

Quand ils furent assurés que personne ne les poursuivait, ils ralentirent le pas pour laisser souffler l'homme touché. Sa blessure était grave. Mais le père de Justin se mit en colère, il leur dit d'avancer, de ne pas faire attention à lui. Si on les mettait en prison, leurs familles ne s'en sortiraient pas. Durant trois jours et trois nuits, le père mena une lutte acharnée contre la balle logée dans son flanc. Mais elle eut raison de lui au matin du quatrième jour.

Alors Justin devint fou de rage. Le jeune garçon rêveur se métamorphosa en un homme hargneux, dévoré par le désir de vengeance. Seule Jeanne parvenait encore à le faire sourire. Mais sa santé se détériorait. Chaque fois qu'il la quittait après lui avoir raconté une histoire, il partait se cacher et pleurait sur son impuissance et l'injustice dont ils étaient victimes.

Justin savait quel groupe d'hommes avait tué son père, même s'il ne pouvait dire qui avait appuyé sur la détente. Le gouvernement avait ordonné de recruter des gardiens pour chasser les braconniers du Parc. Il fallait protéger les gorilles qui vivaient sur les pentes des volcans car ils faisaient venir des touristes du monde entier qui payaient très cher pour passer une heure auprès d'eux. C'étaient les experts blancs qui avaient proposé d'organiser ces visites. Pour sauver ces grands singes si proches des humains, disaient-ils, car ils étaient menacés d'extinction.

Et la petite Jeanne dans tout ça ? Quel poids avait une fillette africaine face aux décisions des puissants ? Bien sûr, Justin savait que les gardiens du Parc ne devaient pas tuer les braconniers, ils devaient les arrêter et les mettre en prison. Cette fois pourtant, il y avait eu un mort. Le jeune homme se remémora la dispute qui avait eu lieu, quelques jours avant la sortie fatale, entre le groupe de chasseurs dont faisait partie son père et les gardiens du Parc. Ces derniers savaient exactement qui chassait illégalement, mais ils se rendaient bien compte qu'ils ne pourraient pas mettre en prison tous les pères de famille du village qui n'avaient plus de terres à cultiver. Alors ils avaient tenté de les intimider. En réponse, plusieurs des chasseurs les avaient traités de lâches à la solde des Blancs, incapables de chasser comme le faisaient les hommes depuis qu'ils avaient découvert cette forêt luxuriante et généreuse, il y a tant de siècles.

Justin était sûr que l'un d'eux avait voulu se venger.

Chaque jour qui finissait trouvait le jeune homme plus aigri et plus vindicatif. Sa petite sœur s'affaiblissait et il ne voyait pas d'issue. Sa rage lui aiguisait les nerfs, contre le maire, contre les gardiens, contre le Parc, contre les Blancs qui passaient en 4×4 en lançant des bonbons aux enfants. Il en voulait aussi aux gorilles. Sans eux, rien de tout cela ne serait arrivé, il n'y aurait pas eu de Parc, ils n'auraient pas été dépossédés de leurs terres, Jeanne aurait grandi normalement et leur père ne serait pas mort.

Chaque fois qu'il voyait arriver un véhicule tout-terrain rempli de visages blancs, sa rage augmentait. Elle se concentra bientôt sur les seuls gorilles. Il n'en voulait même plus aux gardiens, certains d'entre eux étaient d'anciens amis de son père, ils faisaient leur travail. Plus il y pensait, plus il se disait que celui qui avait tiré n'avait pas voulu tuer, seulement menacer. Ou c'était peut-être un braconnier venu tuer un gorille pour vendre sa chair aux restaurants de viande de brousse qui avait tiré sur son père.

Les gorilles… Il revenait toujours aux gorilles.

Un matin, Jeanne se réveilla avec une forte fièvre. Justin se précipita au dispensaire à l'autre bout du village et ramena l'infirmier. L'homme ausculta la petite fille. Elle était enroulée dans deux couvertures qui semblaient l'engloutir, sur le matelas usé de la pièce au fond de la maison qui servait de chambre aux enfants depuis la mort du père. L'infirmier sourit à la fillette, tenant entre ses doigts la petite main décharnée à la peau sombre. Il lui caressa le front où perlaient de fines gouttes de sueur, lui dit de ne pas s'inquiéter, que tout allait s'arranger bientôt.

En sortant pourtant, il ne tint pas le même discours à Justin. La fièvre n'était pas très grave en soi, mais la fillette était tellement faible qu'elle risquait de ne pas y résister. Il n'y avait pas grand-chose à faire, juste à espérer qu'elle parvienne à trouver les forces nécessaires pour gagner ce combat injuste et inégal. Il fallait l'aider, être auprès d'elle le plus souvent possible pour la soutenir, conseilla l'homme à un Justin pétrifié.

Après le départ de l'infirmier, le jeune garçon retourna auprès de sa petite sœur et vit qu'elle s'était endormie. Il quitta la maison, s'éloigna du village et se mit à courir comme un fou, en poussant des hurlements de douleur. Puis il s'effondra d'épuisement en lisière de la forêt et pleura en silence. Jeanne allait mourir, et tout cela à cause de ces maudits gorilles. Il allait se retrouver seul. Que lui importait l'avenir sans le sourire de sa petite sœur ?

C'est alors qu'une idée folle germa dans son esprit. Puisque Jeanne allait mourir, les gorilles devaient payer !

Justin leva le poing en direction de la forêt dense, puis reprit le chemin du village, marmonnant des injures et jetant des regards méfiants autour de lui. Arrivé chez lui, il sortit le fusil de son père, s'installa sur le petit banc devant la maison et retrouva un calme apparent en nettoyant l'arme avec application. Il s'endormit sans aucune difficulté ce soir-là. C'était la première fois depuis la mort de son père.

Une semaine plus tard, après s'être renseigné sur la manière d'approcher les gorilles, il pénétra dans le Parc. Il partit avant l'aube et marcha longtemps dans la forêt. Il ne savait pas exactement où se trouvaient les différentes familles de gorilles, mais l'un des groupes habitués à voir les touristes tous les jours s'approchait souvent de la lisière du Parc. Les gorilles venaient même parfois voler des pommes de terre dans les champs cultivés. Ce groupe n'aurait certainement pas peur de lui s'il faisait comme les gardiens, s'il produisait les mêmes sons qu'eux quand ils les approchaient.

Justin commença à pousser les cris ondulants, entre rugissement et gémissement, comme il avait entendu un gardien le faire. Il marchait ainsi, prévenant les gorilles de son arrivée, quand il perçut un léger craquement, suivi d'un bruit de feuilles froissées. Il vit soudain une boule noire hirsute traverser à toute vitesse une clairière miniature qui s'ouvrait devant lui. C'était un petit, la famille ne devait pas être loin. Il suivit la boule de poil et, au détour d'un rideau végétal épais comme un mur, tomba nez à nez avec un « dos argenté », le mâle dominant qui menait le groupe de femelles et de petits. Justin avait juste entrevu les poils blancs qui tapissaient le dos de l'animal, prouvant son statut de chef, mais il s'empressa de baisser les yeux, s'accroupit doucement et continua à pousser des gémissements pour simuler l'obéissance. Rassuré, le dos argenté déplaça nonchalamment ses deux cents kilos de muscles vers une touffe de feuilles tendres qu'il attrapa de ses gros doigts et porta à sa bouche avec délicatesse.

Justin glissa doucement la main vers son fusil qu'il avait placé dans son dos. Il y avait quatre gorilles devant lui. Non, il y en avait cinq : sans qu'il y prenne garde, un petit gorille s'était approché, derrière lui. Il lui attrapa le bas du pantalon. Le jeune garçon sursauta, faisant reculer le petit et lever les yeux de sa mère postée non loin de là. Justin s'immobilisa, baissa les yeux à nouveau, et la mère reprit son effeuillage.

C'est alors que Justin croisa le regard du petit gorille à ses pieds. Il ne put s'empêcher d'être ému. Il sourit en pensant à la manière dont il pourrait raconter tout cela à sa sœur… Mais il revint à la réalité brutalement. Jeanne allait mourir. Il ne lui raconterait plus jamais rien, et surtout pas le regard de ce petit gorille. Que valait-il, ce regard, face aux yeux de Jeanne qui allaient se fermer pour toujours ?

Justin fut alors rattrapé par la rage qui l'habitait. Il prit son fusil, s'y cramponna de toutes ses forces, visa les gorilles un à un et tira méthodiquement. Il les abattit tous. Puis il lâcha son arme, s'effondra à quatre pattes et vomit.

Les tirs avaient été entendus par les gardiens qui patrouillaient non loin de là. Ils arrivèrent peu de temps après pour découvrir le carnage et Justin à genoux près de son fusil, complètement hébété.

Il fut ramené au village et jeté en prison.

– Justin était mon grand frère, Gaspard, dit la grand-mère à son petit-fils qui, retenant ses larmes, lui demandait ce qu'était devenue la petite Jeanne. J'ai été recueillie peu de temps après son emprisonnement par une famille du village proche de notre père.

– Et tu as guéri ?

– Oui, j'ai guéri, j'ai mis du temps, mais j'ai guéri.

– Alors Justin a fait tout ça pour rien ?

– Non, pas tout à fait. Peu de temps après, plusieurs

femmes du village se sont réunies. La mort de notre père, ma maladie et le geste fou de Justin les avaient ébranlées. On les a vues plusieurs soirs de suite rejoindre la maison de l'institutrice et comploter des heures durant. Et puis, un jour, elles ont pris les fusils de leurs maris et se sont rendues devant la maison du maire.

— Elles l'ont tué ?!

— Non, elles n'étaient pas là pour ça. Elles ont tiré en l'air, pour le faire sortir. Puis l'institutrice, une grande et forte femme qui savait s'exprimer, s'est avancée vers lui. Elle lui a lancé : « Nous en avons assez de voir nos enfants souffrir, nos frères et nos maris mourir, se mettre hors la loi ou devenir fous à cause de ce Parc. Il nous a privés de ce qui nous permettait de vivre dignement. Si vous ne trouvez pas une solution pour redistribuer les terres, nous poursuivrons le travail de Justin. Nous tuerons d'autres gorilles. »

— Qu'est-ce qu'il a dit, le maire ?

— Rien d'abord, il roulait des yeux ronds, ouvrait et fermait la bouche de surprise. Et puis, il s'est ressaisi, il a tenté de les apaiser, de leur faire des promesses. Il a joué l'hypocrite, si tu veux mon avis : il n'avait pas envie de partager la terre.

— Et les femmes, elles se sont fâchées ?

— Elles n'étaient pas dupes, bien sûr ! Elles lui ont répondu qu'elles ne lâcheraient leurs fusils que s'il agissait rapidement. Elles lui ont posé un ultimatum : s'il ne donnait pas un premier lopin de terre à la famille qui m'avait recueillie, elles iraient chasser les gorilles.

— Elles l'ont fait, elles ont tué d'autres gorilles ?

— Non, car le maire et les notables du village se sont réunis dès le lendemain et ont commencé à distribuer des bouts de terre aux paysans. Les lopins étaient petits, mais peu à peu, chacun a pu cultiver de quoi nourrir sa famille et élever des volailles et du petit bétail. Les villageois ont arrêté la chasse à l'antilope dans le Parc. Et plus tard, plusieurs de leurs enfants se sont mis à travailler auprès des gorilles, comme gardiens ou guides pour les touristes.

— Plus personne n'en voulait aux gorilles ?

— Quand les villageois ont pu vivre correctement et profiter des retombées économiques des visites aux gorilles, ils ont commencé à les regarder d'un autre œil. Tu sais, Gaspard, on pourrait penser que ce n'est pas grave de manger les grands singes, de détruire la forêt qui les abrite et de les faire disparaître… Mais la nature est un univers fragile. Elle a besoin de tous les éléments qui la composent : les gorilles, la brume, les bambous, les microbes, les antilopes, les bananiers, les araignées… Et même les petits garçons et les dames d'un autre âge. Si plusieurs de ces éléments disparaissent, la nature risque de devenir plus bancale qu'une chaise à trois pieds. Qui peut savoir ce que nous réserve un monde qui a perdu son équilibre ?

— Et Justin alors, il a disparu ?

— Oh non, bien sûr ! Il a fini par être relâché. Le jour de sa sortie de prison, je suis allée l'attendre. Quand il m'a vue, il n'a rien dit, il n'a même pas souri, il m'a prise dans ses bras et m'a tenue serrée contre lui jusqu'à la maison. C'est comme si c'était lui qui se cramponnait à moi. J'aurais aimé que tu le connaisses, tu sais, mais un matin, peu avant ta naissance, il ne s'est pas réveillé…

Le petit garçon garda le silence un moment, puis se frotta énergiquement le visage et bondit sur ses pieds. Jeanne le regarda s'éloigner à pas lents vers le jardin. Concentré sur ses chaussures, il lui donnait à voir sa nuque tendue et la racine sombre de ses cheveux. Elle se demandait si elle avait bien fait de lui raconter cette histoire. Peut-être aurait-elle dû attendre qu'il soit un peu plus grand…

Elle en était là de ses réflexions quand Gaspard se retourna et lança :

— Comment il faisait Justin pour appeler les gorilles ?

— Il poussait un cri chantant, entre rugissement et gémissement, répondit Jeanne surprise.

— Ouououeeeeiiiiooooo, fit le gamin de toutes ses forces, la tête levée vers le ciel. Comme ça, grand-mère ?

— Heu oui, sûrement comme ça, dit-elle en dissimulant derrière sa main le sourire qui lui montait aux lèvres.

— Je vais m'entraîner, grand-mère, et, quand je serai grand, je serai le protecteur des gorilles !

Je suis la vigie et je crie

Christian Grenier

– Pourquoi la France ? demanda le président.

– Parce que c'est là que la Machine du professeur Queen a surgi, répondit l'explorateur du Temps. Plus précisément en Bretagne.

– On ne vous a pas envoyé en mission quatre-vingt-dix ans dans le futur pour que vous vous intéressiez au climat ! nota avec aigreur l'un des conseillers du président. Pourquoi avez-vous consacré les vingt-quatre heures dont vous disposiez à fouiller les ruines de ce vieux phare, Thésée ?

– Pas un phare, un observatoire météo, corrigea l'explorateur. En fait, je maîtrise mal le français. Je n'ai rencontré que trois personnes et glané peu d'informations. Le temps qui me restait était réduit. Les conditions climatiques me semblaient si différentes que j'ai tenté d'en comprendre la cause. Cette station météo n'était pas loin.

– Quelle température avez-vous notée ? demanda un autre conseiller.

– Quarante-six degrés centigrade. À l'ombre ! précisa Thésée. Et l'on était le 26 juin. Voilà pourquoi j'ai tenté de retrouver cet observatoire. Il avait été détruit au cours de l'hiver précédent.

– Et pourquoi avoir rapporté ce rouleau métallique orange ? demanda le président.

— Parce qu'il ressemblait aux boîtes noires dont les avions sont dotés. J'ai pensé qu'il pouvait contenir… des informations.

— Et vous aviez raison, approuva un troisième conseiller. Nous y avons retrouvé un document papier. Une lettre. Je viens de faire procéder à sa traduction. La voici.

— Eh bien, qu'attendez-vous ? s'impatienta le président en désignant ceux qui l'entouraient dans le bureau ovale. Lisez-nous cette lettre !

JE SUIS LA VIGIE ET JE CRIE

Je vous méprise et je vous hais. Car vous êtes mes assassins.

Aujourd'hui, en ces derniers jours du XXIe siècle, isolé sur ce cap battu par l'océan, c'est à vous que je pense, vous mes aïeux, vous mes ancêtres, qui m'avez légué ce mauvais présent. Oui, c'est à vous que je pense, bien davantage qu'à Ariane, Ariane que j'attends, pourtant.

Au-dehors, la tempête fait rage. Les embruns se ruent à l'assaut de mon refuge. Et quand les vagues le submergent, il s'y mêle d'énormes glaçons qui se brisent contre mes vitres blindées. Mais mon fragile observatoire ne tiendra plus longtemps. La glace en a rongé les fondations et l'océan balaiera tout avant l'aube.

On est le 27 décembre. La température et le jour tombent, et mon moral aussi. Car je crains qu'Ariane n'arrive pas.

Ariane est météorologue, comme moi. La semaine dernière, elle a dû rentrer aux États-Unis à la suite du décès de son arrière-grand-mère, morte à 123 ans en prison. Une mystérieuse aïeule qui porte le même prénom. Ariane m'a laissé ici, au Sillon du Talbert, cet îlot des Côtes-d'Armor jadis accessible à marée basse. Une sorte de proue de navire qui se dresse face à la mer. Sur ces trois kilomètres carrés seulement fréquentés par les goélands, les sternes et les mouettes, a été bâti un observatoire. Autrefois, on aurait dit : un phare. Mais désormais, plus aucun navire ne se risque sur ce dépotoir qu'est devenue la mer du Nord. Je n'éclaire pas les vagues d'un puissant pinceau de lumière, mais je braque mes fragiles instruments vers le ciel, la mer et le futur. Un horizon et un avenir qui se réduisent de jour en jour. Personne ne prête attention aux avertissements que je lance, tel un quasar affolé.

Nommé et rétribué par le ministère de l'Écologie, je suis la vigie. Et je crie.

Mais personne ne m'entend.

Ou plutôt, personne ne m'écoute.

Aux temps homériques, Cassandre annonçait la venue imminente d'un cheval et la destruction de sa ville. On riait de ses prophéties. Le cheval est arrivé, on l'a fait entrer en grande pompe et Troie a été rasée, pillée, comme elle l'avait dit. Aujourd'hui, à l'image des scientifiques qui m'ont précédé, je mets en garde les instances dirigeantes de la Terre. Le monstre qui menaçait notre empire est entré.

Et c'est nous qui l'avons créé.

Voilà deux cents ans que nous l'édifions, lentement – un veau d'or que nous adorons, et qui, par notre faute, est devenu un taureau furieux…

Les premiers signes des cataclysmes contemporains sont apparus au cours du XIXe siècle, pendant l'ère du

Charbon. Le mal était alors circonscrit. Car le monde était découpé. Un pays comme le Royaume-Uni pouvait produire et consommer sans perturber le reste de l'humanité, se contentant, pour améliorer son propre confort, d'exploiter les richesses naturelles et humaines de ceux qu'il jugeait moins évolués. Londres vivait dans la sueur, le brouillard et la fumée, qui nourrirent pendant des décennies le folklore des artistes et les espoirs des utopistes.

Mais au siècle suivant, à l'ère du Pétrole, le modèle se multiplia. Le pillage des ressources fossiles de la planète se généralisa et la consommation devint effrénée. Il y eut, çà et là, quelques îlots de résistance. Certaines nations voulurent appliquer d'autres modèles de gestion, elles échouèrent – non parce que le système était mauvais mais à cause de l'incurie de ceux qui l'appliquaient, l'immaturité de ceux qui le subissaient et surtout, parce que les États industrialisés offraient aux moins puissants un exemple trop séduisant.

Produire, consommer, dominer et faire du profit, à n'importe quel prix, tel était le modèle dominant. Certains voulurent le tempérer et mirent en garde leurs dirigeants contre les excès d'un système qui brûlait la chandelle par les deux bouts : pressée comme un citron, la planète devenait exsangue. Non seulement elle était dépouillée à jamais de ses réserves fossiles, mais ces dernières, brûlées, avaient entrepris sur l'atmosphère un travail de destruction irréversible. Un cancer généralisé qui, entre autres, entraînait la disparition programmée de la couche d'ozone, l'augmentation du CO_2 et, indirectement, la montée de la température et le début de profondes modifications climatiques. Les moins pessimistes affirmèrent que la Terre avait déjà connu *de tels bouleversements, la présence et l'action de l'homme avaient amplifié le phénomène, voilà tout. Les plus inquiets, à la fin du siècle dernier, répliquèrent que la question n'était plus là : qu'importe à qui, à quoi incombaient ces modifications, il fallait en prendre conscience et décider des mesures drastiques. Quand un patient semble condamné, au lieu de débattre sur la façon dont il a contracté la maladie, l'urgent est de tenter de le guérir.*

On est le 27 décembre, il est huit heures du soir et Ariane n'arrive pas.

Dans cette tour de guet qui me sert de havre, je scrute l'horizon du côté de la terre ferme. Rien. Rien que nuit et brouillard.

Au-dehors, la tempête a redoublé. À chaque assaut des vagues, mon observatoire vacille.

Dans cette étroite pièce circulaire, une grande photo épinglée au mur attire mon regard. Cette photo n'est pas ici pas hasard. À mes yeux, c'est la plus importante de l'histoire de l'humanité car elle aurait dû, dès 1962, ouvrir les yeux des hommes. Il s'agit, pris depuis une fusée partie s'écraser sur la Lune, du premier cliché de notre Terre vue de l'espace. Un joyau bleu et blanc enchâssé dans le velours du cosmos. Une perle de vie dans un océan de nuit. Une étincelle d'intelligence dans une immensité de néant. La preuve que, dans ce désert qu'est l'univers, la conscience a tout à coup jailli.

Vue de loin la Terre n'a pas de frontières. Tous ses océans communiquent. Lorsqu'ils passent d'un continent à l'autre, les nuages ne présentent aucun passeport. À l'image de ce papillon qui, par un battement d'ailes, peut modifier le climat aux antipodes, le pays qui pollue, braille ou pille perturbe l'équilibre d'un fragile ensemble. Les hommes auraient dû le deviner en admirant cette photo. Ils auraient dû prendre conscience qu'ils n'appartiennent pas à une nation, à une race, à un sol. De gré ou de force, ils font partie de la même famille, ils sont issus d'une souche unique qui, pour survivre et perdurer, a dû inventer l'immigration. Et ceux qui aujourd'hui s'accrochent à de prétendues prérogatives ignorent qu'ils furent autrefois démunis et errants. Ils ont créé l'individualisme et la notion de droit en oubliant les devoirs qu'ils doivent à la communauté humaine qui les a conduits là où ils sont.

Oui, voilà près d'un siècle et demi qu'ils auraient dû comprendre cela, sans attendre les premières alertes de la machine infernale qu'ils avaient déclenchée à leur insu. Mais les pays riches, qui étaient à l'origine de ces maux, n'étaient pas ceux qui en souffraient le plus. D'ailleurs, ils avaient d'autres chats à fouetter — notamment mille et un conflits dans lesquels ils dési-raient mettre le nez pour mieux asseoir leur influence, augmenter leurs profits et préserver leur système. Vaguement conscients de leur responsabilité, ils déci-dèrent de créer quelques commissions qui statueraient sur la nécessité de freiner la consommation et d'entre-prendre la guérison de la planète. Comme si, face à un cancer du poumon aux métastases multiples, une com-mission de médecins était chargée de déterminer le nombre de cigarettes dont le malade devra désormais se passer.

Comble de l'ironie, ce chiffre fut calculé !

Les pays les plus sensibilisés tentèrent d'obéir aux recommandations de ces commissions — sans y parvenir. Les nations les plus inconscientes, qui étaient aussi les plus coupables, ricanèrent devant ces exhortations, et prétendirent qu'elles ne se sentaient pas concernées. La faute en incombait-elle à leurs dirigeants ? C'est hélas plus subtil : si ces derniers avaient pris les mesures nécessaires, ils auraient été éliminés par voie démocratique. Car à la première privation, des drogués appelés à voter pour leur longue et difficile guérison exigent aussitôt leur délicieux poison.

Pire… Fascinés par leurs prestigieux modèles, les pays en voie de développement n'avaient qu'une envie : les rejoindre, ou mieux, les dépasser. Car dans ce type de société, il n'y a pas de place pour le médiocre, le petit, l'opprimé. Il faut toujours être le meilleur, le modèle est celui du vainqueur.

Ces pays laissés pour compte, si longtemps écartés, comment les blâmer de vouloir imiter leurs aînés ? Quel adulte pourrait être pris au sérieux s'il affirmait à ses enfants : « Jusqu'ici, j'ai bien profité de l'existence, et à votre détriment. Mais désormais, si vous voulez survivre, il faut vous mettre au régime. Gardez-vous d'entrer dans les ornières que j'ai creusées et où je vous ai entraînés ! »

Au début du XXIe siècle, les alertes se multiplièrent. Sous la lente montée des températures, l'écosystème se modifia. Si certaines espèces disparaissaient, d'autres, plus sournoises, gagnaient du terrain grâce à l'inexorable évolution de la flore. Dans les pays jusqu'ici tempérés, où les plus gros glaciers avaient fini par fondre, tempêtes et cyclones se multiplièrent. Les hivers devinrent cléments et les étés torrides. Loin de s'en préoccuper, populations et dirigeants s'habituaient, s'adaptaient.

Face aux cataclysmes qu'ils avaient indirectement provoqués mais qui touchaient le plus durement les pays pauvres, ils étaient frappés d'émotion devant les images retransmises par la télévision. Pour se donner bonne conscience, ils versaient une larme et un chèque avant de prendre leur voiture pour aller avec les enfants au McDo.

Mais voilà : en 2020, le Gulf Stream s'arrêta. D'un coup.

L'événement était attendu ; dès la fin du siècle précédent, les météorologistes nous avaient prévenus. En Europe, plus question d'hivers tempérés. Du Portugal au pays de Galles, on connut d'interminables hivers à moins trente et quarante degrés. Une fois de plus, les populations s'adaptèrent. Du moins celles qui en réchappèrent. Car certaines, en Asie du Sud-Est, Bangladesh, Maldives et Sri Lanka en tête, avaient déjà disparu sous les eaux.

Qu'aurait-il fallu faire, me direz-vous ?

Agir, manifester, protester. Faire taire notre égoïsme et nous interroger sur les lointains lendemains. Réclamer aux politiques et aux économistes qui avaient le sort de la planète entre leurs mains une assurance sur notre futur commun. Quitte à modifier par la force nos comportements – mais c'eût été une privation de liberté et une atteinte à leurs profits.

Une brève information quotidienne aurait peut-être suffi. Le dixième, le centième du temps consacré aux résultats des sports à la télévision. De même, un siècle plus tôt, une somme dérisoire aurait permis de redresser le sort de l'humanité. Et dans un premier temps, de faire face aux famines et aux maladies. Dérisoire ? Mais oui : l'équivalent de ce que les pays riches consacraient en un mois à leurs produits de beauté. Ou celui de leur consommation de glaces et d'ice-creams en une journée. Une journée de cette petite privation aurait suffi. À titre d'exercice.

De quoi était-il question ? D'apprendre à vivre et à consommer autrement pour que l'humanité perdure.

Car à brève échéance, elle va mourir.

Il a fallu des millions d'années pour que notre espèce surgisse, des millénaires pour qu'elle se dégage de la barbarie, des siècles pour qu'elle se familiarise avec la science et la philosophie. Et ce lent, patient et minutieux travail auquel tant de milliards d'humains se sont consacrés, quelques générations, les nôtres, auront suffi à le balayer.

Nos grands ancêtres, eux, voyaient loin. Quand les Égyptiens édifiaient une pyramide, ils la voulaient solide. Cinq mille ans plus tard, elle serait toujours là. Mais aujourd'hui, sur la même planète, quel peuple travaille en se projetant mille – voire cent ans en avant ? Les économistes ont l'œil rivé sur le cours de la Bourse et les politiques sur l'échéance de leur réélection.

Notre espèce n'a donc pas d'avenir – sauf pour certains favorisés. Les plus nantis. Les mieux armés. Les descendants – injustice suprême – de ceux qui ont le plus de responsabilités dans notre fin programmée.

Un choc plus violent que les autres fait chanceler mon abri. Les vitres blindées ont frémi. Un coup d'œil sur l'horloge, il est minuit. Un autre vers l'intérieur des terres – obscur, glacé, fermé.

Je sais qu'Ariane ne viendra plus. Le fil qui la retenait à moi s'est depuis longtemps rompu. Mais je ne serai pas le seul à être dévoré.

Enfin, l'une des vitres de mon abri, fissurée, se brise d'un coup. L'assaut soudain de la mer me fait suffoquer. Plus que jamais, en goûtant le sel glacé qui fouette mon visage, j'ai conscience d'être une figure de proue. Celui

61

qui, sur ce grand navire planétaire, subit le premier la fureur de l'océan.

La Terre est un bateau en perdition. Un bâtiment à l'intérieur duquel, inconscients, les passagers s'imaginent en sécurité dans leur cabine. Leur souci est de savoir ce qu'ils choisiront ce soir au dessert et quel programme à la télévision. Pendant ce temps, coincés à fond de cale, d'autres voyageurs moins favorisés espèrent encore sortir de leur prison et – qui sait? – prendre un jour les commandes du navire. Plus haut, pénétrés de leur importance, capitaines et commandants se disputent le partage des ponts.

Mais en vérité, personne ne dirige le vaisseau.

Et moi, je suis la vigie.

Et je crie.

Depuis longtemps, je demande que les chauffagistes inversent la vapeur. Je sais que nous fonçons en aveugle vers un obstacle qui nous brisera bientôt. Et à une telle vitesse qu'il est déjà trop tard pour freiner ou changer de cap. Eh oui, la Terre n'est pas une petite barque mais un immense paquebot. Quand il fera naufrage, il y aura peu de canots. Et la côte que rejoindront les rares survivants ne sera guère hospitalière.

Je crie mais personne ne m'entend.

Alors, puisque mes avertissements ont été vains, je ne peux plus que vous hurler ma haine. Car vous êtes des assassins.

Autrefois, il arrivait qu'on abandonne un message au futur. Bref courrier caché dans le creux d'une pierre, papier noyé dans la fondation d'un mur. Lettre destinée à être lue par les générations à venir, signe lancé à travers le temps et qui, peut-être, serait lu par nos petits-enfants.

Cette lettre, je ne la destine pas à mes descendants puisque je n'en aurai pas, puisque nous n'en aurons plus.

Je l'adresse à mes aïeux, faute de mieux.

C'est un acte d'accusation a posteriori. Un testament à rebours.

Je meurs, moi, ainsi que vos successeurs. Mais je veux que vous le sachiez : je pense à vous, qui m'avez précédé, vous qui avez anéanti le futur. Vous croyez ne pas vous être sali les mains. Vous pensez plaider l'inconscience. Ou accuser la fatalité.

Mais vous êtes coupables du génocide de vos descendants.

Et je vous maudis à jamais.

Au moment de mourir, piètre consolation, je me pose peut-être la vraie question : l'espèce humaine était-elle digne de perdurer ?

Car la Terre n'a pas besoin de nous.

D'ailleurs, la méritiez-vous ?

Les dix personnes présentes dans le bureau ovale étaient devenues très pâles.

– C'est tout ? demanda le président.

– Oui, confirma le troisième conseiller en rangeant le document dans son étui métallique. Pardonnez-moi, mais à mon avis c'est une blague.

Tous les regards convergèrent vers l'explorateur du Temps, qui blêmit.

– Que… que voulez-vous dire ? bredouilla-t-il en reculant.

– Que la machine du professeur Queen ne se déplace pas dans le futur, affirma un autre conseiller. Elle disparaît et réapparaît, voilà tout.

— Il s'agit d'un coup monté ! ajouta le vice-président. D'un complot destiné à influencer notre politique. Qui vous a manipulé ?

— Mais personne, voyons ! affirma Thésée. Le professeur Queen et moi travaillons à la CIA sur ce projet depuis près de six ans !

— Pourquoi la machine ne peut-elle fonctionner qu'une fois ? demanda l'un des conseillers. Et pourquoi avez-vous perdu votre caméra ?

— C'est suspect, en effet, nota le président. Vous pouvez le raccompagner, ajouta-t-il en ordonnant qu'on emmène l'explorateur.

Après quoi, l'air soucieux, il se tourna vers ceux qui l'entouraient.

— Et si c'était vrai ? demanda-t-il à voix basse.

Après un silence, le premier conseiller haussa les épaules et reprit :

— Si c'est là le futur qui nous attend, je ne vois pas ce que nous pourrions faire pour le modifier.

— Inch Allah ! lança quelqu'un au fond du bureau.

L'assemblée fusilla du regard l'auteur de cette interruption malvenue.

— Si nous ébruitions ces révélations douteuses, reprit le vice-président, imaginez les réactions de la population. Et celle des sociétés cotées en Bourse ! D'ailleurs, d'une certaine façon, l'auteur de ce texte a raison : la course du puissant navire qu'est la planète ne peut plus se modifier. C'est il y a quarante ans qu'il aurait fallu agir.

— Il n'est pas trop tard pour prendre certaines mesures, nuança l'un des conseillers. Oh, des dispositions discrètes nous concernant, s'empressa-t-il d'ajouter en désignant ceux qui étaient présents.

— En attendant, conclut le président, Queen et Thésée ne doivent pas quitter les locaux de la CIA. Ni communiquer avec l'extérieur. Ces deux hommes sont désormais mis sous surveillance, c'est compris ?

— Le professeur Queen est une femme, observa l'un des conseillers. Et ses parents étaient d'origine européenne.

— Une femme ? répéta le président.

— Oui. Elle se prénomme Ariane.

Grumes

Yann Mens

Richard avait les yeux rivés sur l'écran. Ses doigts vibraient sur le clavier. Autour de lui, ses copains hurlaient sous l'œil las du patron du cybercafé.

– Fais gaffe à gauche ! Vas-y maintenant, shoote ! Massacre-le, ce cow-boy !

C'était la première fois que Richard jouait en réseau contre un Américain. Le type était doué. Son cyberflingue crachait le feu en permanence, des coups précis. Richard était habitué au clavier de son ordinateur, mais pas à celui, plus sensible, des bécanes du cybercafé qui venait d'ouvrir dans sa ville du Cameroun. Depuis le début de la partie, l'avantage changeait sans cesse de continent. Ses copains continuaient à l'encourager :

– Tu vas pas te laisser faire par un Amerloque ! L'honneur de l'Afrique est en jeu !

Soudain, une voix familière retentit dans l'entrée du cybercafé :

– Richard, j'ai besoin de toi.

Le joueur, qui avait parfaitement reconnu son père, fit semblant de ne rien avoir entendu et continua à lâcher ses rafales. Mais il savait que la partie était finie. La voix grave tonna de nouveau. Et il connaissait bien ce ton-là. Son père n'était pas d'humeur à discuter.

– Richard !

Le garçon fit signe à Paul, l'un de ses copains, de se glisser à ses côtés sur le siège, puis il coulissa sur la droite pour lui confier le clavier. La manœuvre fut exécutée rapidement, mais l'Américain en profita pour asséner un coup meurtrier. Richard fit la grimace et, l'air mauvais, se retourna vers la porte.

– Qu'est-ce qu'il y a ?

– J'ai besoin que tu viennes faire des relevés avec moi.

Son père était contrôleur forestier dans l'administration. Il vérifiait que les entreprises qui coupaient des arbres dans la grande forêt camerounaise ne dépassent pas la surface qui leur avait été attribuée et pour laquelle elles payaient une taxe à l'État. Une fois débité, le bois coupé partait par bateau vers l'Europe où il servait à fabriquer des meubles exotiques très à la mode chez les Blancs.

– Et ton assistant ? demanda Richard.

– Il est malade, grogna son père.

– Et comment elle s'appelle la maladie, cette fois-ci ? Véronique ? Christiane ? Julie ? Angélique ?

Gervais était un grand séducteur. Et, chaque fois qu'il faisait une nouvelle conquête, il tombait opportunément « malade » pendant quelques jours pour se consacrer à sa dulcinée.

– Grimpe dans le 4×4. Et arrête de poser des questions…

Richard attrapa son sac à dos, balança de grandes tapes dans le dos de ses potes, sauf Paul qui suait sang et eau devant l'écran, et il sortit du cybercafé en marmonnant le score.

Quand il était gamin, Richard adorait accompagner

son père en forêt. Pendant que celui-ci effectuait les relevés, il notait scrupuleusement les chiffres. Cette responsabilité lui donnait l'impression d'être important. Petit à petit, le garçon avait appris à reporter les données sur les cartes. À douze ans, il en savait autant que Gervais. Mais le jeu avait fini par le lasser. Maintenant, il préférait passer la journée en ville avec ses potes qu'à arpenter l'épaisse forêt un gros classeur à la main. Hélas, Gervais avait beaucoup de succès auprès des jeunes danseuses des boîtes de nuit…

Le 4×4 avait à peine démarré que Richard fouilla dans son sac et en sortit une poignée de cassettes.

– Je peux mettre de la musique ?

Son père lâcha un soupir résigné. Le garçon ne résistait pas à l'envie d'écouter la nouvelle cassette d'un DJ hollandais que son cousin Patrick qui vivait à Paris venait de lui envoyer. Il la glissa dans l'autoradio.

– Fait chaud, non ? Tu peux brancher la clim ?

Bientôt l'air frais envahit l'habitacle. Richard se laissa glisser sur son siège et accompagna le DJ en tapant le tempo sur ses cuisses. Son père partait toujours en tournée dans sa voiture personnelle. Celle de l'administration, une antique Jeep, n'avait ni clim ni autoradio.

Le 4×4 quitta bientôt la route bitumée pour une piste mal entretenue. Son père conduisait vite, évitant les trous d'un petit coup de volant. Il n'avait pas dit un mot depuis qu'ils avaient quitté la ville. Au bout de quelques kilomètres, Richard se gratta la gorge.

– Dis donc, je voulais te demander… C'est à propos du bac.

Son père se retourna brutalement vers lui, tout en évitant une nouvelle ornière.

– Ne me dis pas que tu veux arrêter le lycée !

– Stop ! Ce n'est pas ça. J'ai bien l'intention de le décrocher ce bac, et d'aller en fac aussi.

Son père se radoucit. Un sourire malicieux passa fugacement sur le visage du chauffeur.

– Alors ?

Richard hésitait.

– Si j'ai mon bac… Euh… Un scooter…

– Richard, tu sais ce que ça coûte un engin comme ça ?

Le garçon nota que son père avait répondu sans animosité, comme si l'idée avait déjà fait un peu de chemin dans sa tête. Richard en parlait depuis longtemps, à petites doses. Sa mère était contre par peur des accidents. Son père se souvenait avec tendresse de sa propre Mobylette dont il avait baissé le guidon et trafiqué le pot d'échappement pour lui donner des allures de moto de compétition. Soudain le 4×4 fit une embardée et s'approcha dangereusement du fossé profond qui bordait la piste.

– Mais il est fou, ce type ! Il a failli nous tuer, hurla son père en rétablissant la trajectoire de la voiture.

Un énorme camion qui fonçait droit devant lui, en plein milieu de la piste, les dépassa en soulevant un nuage de poussière. Il était chargé de gigantesques troncs d'arbres fraîchement coupés dans la forêt. Il fonçait vers un port de la côte. Richard vit que son père avait eu peur. Ses mains tremblaient sur le volant. Un filet de sueur lui coulait le long des tempes malgré la climatisation.

— Les patrons de ces chauffeurs leur mettent tellement la pression qu'ils sont prêts à écrabouiller n'importe qui pour arriver à temps, expliqua-t-il à Richard qui baissa instinctivement la musique. Et avec les monstres qu'ils conduisent, tu as intérêt à t'écarter.

Ils roulèrent encore une heure en silence. Le garçon n'osait pas relever le niveau de l'autoradio.

Lorsqu'ils arrivèrent au siège de la concession qu'il devait inspecter, Richard laissa son père descendre seul pour discuter avec le gérant et il en profita pour faire remonter le son à fond. Les enceintes dissimulées dans les portières se mirent à vibrer.

Patrick avait raison, ce DJ hollandais avait du talent. La voiture était garée au milieu d'immenses pyramides de grumes. Richard regarda les arbres couchés et essaya d'imaginer un intérieur d'Amsterdam peuplé de meubles vernis fabriqués dans ces bois exotiques. Au milieu d'une gigantesque pièce lumineuse, un type blond bidouillait des machines bourrées de fils pour leur faire cracher des sonorités barbares qui résonnaient jusqu'aux tréfonds de la forêt camerounaise.

Son père remonta dans la voiture. Ils roulèrent dans des chemins forestiers détrempés par la boue et défoncés par les roues énormes des camions. Le 4×4 peinait, mais les roues motrices finissaient toujours par triompher.

Lorsqu'ils arrivèrent à destination, ils commencèrent machinalement à faire les gestes que Richard avait découverts tout petit. Le garçon notait les chiffres que son père lui lançait rapidement. Dans ces cas-là, il fallait tendre l'oreille et ne pas les lui

faire répéter. Pendant le reste de la matinée, ils arpen-
tèrent les confins de la concession, apercevant parfois
au loin les ouvriers qui abattaient les immenses
arbres.

— Si tu rates ton bac…

— Je sais, rétorqua Richard. Tu me l'as dit mille
fois : je finirai comme eux, avec une tronçonneuse
à la main et un salaire de misère en poche.

À midi, ils s'installèrent au bord d'une rivière et
sortirent le panier-repas que la mère de Richard avait
préparé. Après avoir fait un sort au déjeuner et à la
Thermos de café, son père s'installa dans la voiture
pour une sieste d'une demi-heure. C'était un rituel
auquel Richard ne l'avait vu déroger qu'une fois, le
jour de la naissance de sa petite sœur.

Pour tromper son ennui, le garçon, qui ne pouvait
accéder à l'autoradio, sortit le plan de la concession
et commença à y porter les chiffres qu'ils avaient
relevés le matin. Plus il les alignait, plus il l'étonnait.
Peu à peu, il s'aperçut que les coupes de bois débor-
daient largement le périmètre qui avait été alloué à
la concession par l'administration.

— S'ils continuent, la forêt va crever. Elle n'aura
pas le temps de se renouveler, dit Richard à haute
voix, et il fut surpris lui-même par le son de sa propre
voix dans le silence que seul rompait le léger ron-
flement de son père.

Il continua à porter les relevés sur la carte et
l'ampleur de la tricherie le surprit.

— En plus, ces salauds empiètent sur la forêt
communautaire qui appartient au village d'à côté.
C'est du vol !

Richard savait que cette forêt était précieuse pour

les habitants de la région. C'est là qu'ils cueillaient des fruits et des plantes médicinales, ou qu'ils chassaient le gibier pour se nourrir. En revanche, aucune chance que les propriétaires de la concession leur versent le moindre sou en échange des arbres coupés.

Le garçon pensa à réveiller son père, mais c'était un tabou devant lequel même sa mère reculait. Il décida de lui en parler dès son réveil.

Au bout de trente minutes de sieste, le dormeur se réveilla d'un seul coup. La précision de l'horloge interne de son père avait toujours émerveillé Richard. Parfois, sa sœur et lui guettaient, une montre à la main. Ça ne ratait jamais. Il se réveillait toujours à l'heure précise.

Le garçon allait lui faire part de sa découverte lorsqu'un 4×4 fit irruption sur le bord de la rivière. Trois hommes en sortirent et se dirigèrent vers eux. Richard reconnut le premier. C'était le Camerounais qui gérait la concession. Il serra chaleureusement la main de son père et lui présenta ses accompagnateurs qui étaient curieusement vêtus de costumes-cravates et de grosses bottes de caoutchouc.

– Ces messieurs sont les principaux actionnaires de la concession. Monsieur Vincent est français. Monsieur Razi est malaisien.

Richard, qui pensait à sa découverte, les regarda de travers. Son père, en revanche, discuta très courtoisement avec les trois hommes. Ils parlèrent de la beauté de la forêt et de la qualité exceptionnelle des arbres camerounais. Ils évoquèrent le cours du bois sur les marchés internationaux. Ils plaisantèrent à plusieurs reprises sur l'état des chemins qui avait fait souffrir les vertèbres des hommes d'affaires. Richard resta en retrait, mais son père raccompagna les trois hommes jusqu'à leur voiture. Ils lui tapèrent dans le dos comme s'ils étaient devenus les meilleurs amis du monde.

Lorsqu'il revint, le garçon qui avait déployé le plan de la concession sur le capot de la voiture montra les tracés à son père.

— Tu as vu, ça ? Ces types sont des voleurs !

Le sourire de son père se figea. Il arracha le plan des mains de son fils.

— Qui est-ce qui t'a demandé de porter les relevés sur le plan ? Tu n'y connais rien, mon garçon. Contente-toi de noter les chiffres que je te donne !

Médusé, Richard allait répondre. Mais son père monta dans la voiture et fit tourner le moteur.

— Grimpe et dépêche-toi ! On a encore du boulot. Je ne tiens pas à rentrer de nuit sur ces fichues routes.

Ils effectuèrent encore des relevés pendant deux heures. Richard aurait voulu les porter sur le plan pour confirmer ce qu'il avait constaté. Mais son père ne s'en séparait plus et ne desserrait les mâchoires que pour lui lancer les chiffres à noter.

À quinze heures, ils arrêtèrent leur travail et reprirent le chemin du bureau de la concession. Durant le trajet, Richard prit son courage à deux mains.

— Papa, tu ne peux pas les laisser faire. Ce sont des escrocs. Ils sont en train de couper plus d'arbres que ceux auxquels ils ont droit, et en plus, ils volent les villageois.

— Tais-toi, tu ne comprends rien à ce travail.

— Mais je sais très bien lire un plan. C'est toi qui m'as appris !

— Passe ton bac et fiche-moi la paix ! cria son père en se garant devant les bâtiments.

Richard aperçut le 4×4 du directeur de la concession. Les trois hommes sortirent des bureaux.

Comme Richard s'apprêtait à descendre du 4×4, son père l'arrêta.

— Toi, tu ne bouges pas d'ici.

Richard allait protester.

— Sinon tu peux dire adieu à ton scooter !

Les mots stoppèrent net le garçon qui avait déjà la main sur la poignée de la portière.

Son père se dirigea vers le gestionnaire et les deux actionnaires, le plan glissé sous le bras. Ils entrèrent dans le bureau. Incrédule, Richard fixait la porte. Son père en ressortit au bout d'une demi-heure, une grosse enveloppe dans une main. Dans l'autre, il tenait un nouveau plan. Le garçon s'en aperçut tout de suite. Car il n'était pas froissé et sale comme le précédent qu'ils avaient manipulé toute la journée.

Après s'être installé derrière le volant, son père glissa les papiers dans la boîte à gants qu'il referma d'un claquement sec.

Richard ne dit rien. Lorsque la voiture démarra, il ne glissa pas de cassette dans l'autoradio. Il se cala contre la portière de droite comme s'il voulait s'éloigner de son père.

Sur la route, ils croisèrent quelques camions qui remontaient à vide pour chercher des grumes. Richard pensa à la forêt saignée. Et décida d'en avoir le cœur net. D'un geste rapide, il ouvrit la boîte à gants, saisit l'enveloppe et déchira la languette qui la fermait. Des liasses de billets tombèrent sur le sol de la voiture. Son père freina brutalement. Le 4×4 fit une embardée et s'arrêta sur le bord de la route.

– Ramasse ça tout de suite et remets-le dans la boîte à gants ! hurla-t-il, les yeux exorbités.

Richard ne l'avait jamais vu comme ça. Il se mettait parfois en colère, mais son visage n'exprimait pas ce mélange de haine et de peur qu'il lisait maintenant dans son regard.

Le garçon ramassa les billets. Le 4×4 ne redémarra que lorsqu'il eut fini de ranger la dernière liasse.

Durant tout le reste du trajet, son père ne regarda pas une seule fois dans sa direction. Il conduisait moins vite, ses mains tremblaient sur le volant. Richard cherchait à comprendre. Lorsque le 4×4 se gara devant la maison, son père lui fit signe d'attendre et se tourna enfin vers lui.

– Tu sais combien je suis payé au Service forestier ? Tu crois qu'avec ce salaire minable qu'on me verse avec six mois de retard, j'aurais pu nous payer cette maison ? Et ce 4×4 climatisé ? Et cet autoradio ? Et tes cours particuliers de maths ? Et ton ordinateur ? Tu crois vraiment, Richard ?

Le garçon était perdu. Il pensa aux arbres de la forêt, au DJ hollandais et à ses meubles vernis en bois exotique, aux deux hommes d'affaires et à leurs bottes de caoutchouc. Son père ouvrit la boîte à gants et saisit la grosse enveloppe.

– C'est très cher, un scooter, mon fils…

Richard descendit de la voiture sans rien dire. Il ne savait plus s'il avait encore envie d'un scooter. Mais il n'était pas sûr d'avoir le courage d'y renoncer.

Après moi, le déluge

Viviane Moore

Les deux femmes discutaient avec animation. Vingt ans qu'elles ne s'étaient pas vues. Séparées par la vie, par l'éloignement aussi. La première, Magali, s'était mariée à dix-neuf ans et avait eu un enfant. La seconde, Isabelle, était partie au bout du monde pour des organisations humanitaires. Il avait fallu une annonce sur Internet pour qu'enfin Magali retrouve son amie d'enfance.

— Si on buvait un verre en attendant qu'ils arrivent ? proposa-t-elle.

Elles avaient préparé le repas ensemble, parlé de choses et d'autres, de souvenirs d'école, de colonies de vacances surtout. Il ne manquait plus que le fils et le mari de Magali. Le premier avait un cours de natation et ne rentrerait que dans une heure, le second, Régis, n'arriverait qu'à vingt heures.

Isabelle regarda sa montre, il était dix-huit heures trente.

— Bonne idée. Tu as du Campari ?

— J'en ai acheté, et du jus d'orange aussi. Tu n'as pas changé.

En disant cela Magali réalisa à quel point son amie lui avait manqué.

— Et toi non plus, j'imagine, répliqua celle-ci. Tu bois toujours ton infâme Coca Light !

— Oh non ! protesta Magali, je n'ose plus, il me tuerait. Il est contre les nourritures « vides » et les boissons américaines.

— « IL » ! Je parie que c'est encore de ton fils qu'il s'agit ! s'exclama Isabelle. Mais enfin que se passe-t-il ? On dirait qu'il te terrorise.

— Non. (Magali avait instinctivement baissé le ton.) Mais je me fais du souci.

— Explique-moi, fit Isabelle en lui entourant les épaules d'un geste protecteur.

Dans le duo qu'elles formaient enfants, Magali avait toujours été la « fragile », la faible, et Isabelle la forte, la rassurante. Les années avaient passé, mais rien n'avait changé. Magali se sentit immédiatement mieux. Isabelle, sa « grande sœur » comme elle l'appelait avant, était de retour.

— Je ne sais pas par où commencer, hésita-t-elle tout en versant du jus d'orange sur le Campari.

— Par le début, ma chérie, par le début. Tu me disais que c'était un bébé étonnant, mais tu ne m'as pas expliqué pourquoi.

— Ah oui… (Un flot de souvenirs submergea Magali). C'est vrai qu'il était étonnant. Il ne pleurait jamais et il a marché avant un an. Je le retrouvais devant la fenêtre de sa chambre à observer le jardin et le ciel en silence. Il pouvait rester ainsi des heures, sans bouger. D'un coup, à quinze mois, il s'est mis à parler. À parler vraiment, pas à ânonner comme les autres ! Comme un garçon de six ou sept ans. Le pédiatre était sidéré, nous aussi.

— Il y a de quoi ! Et ensuite ?

— Très vite, il s'est intéressé aux animaux. Il passait

de longs moments dans le jardin, indifférent au froid ou à la pluie, ne comprenant pas pourquoi je voulais qu'il se couvre ou qu'il rentre. Ah oui, il faut que je te raconte ça… Nos voisins avaient une bête féroce, un boxer qui restait à la chaîne nuit et jour et qui aboyait et mordait tout ce qui passait à sa portée. Ç'a été ma première peur. Je faisais la vaisselle en le surveillant du coin de l'œil et puis, d'un coup, il n'était plus là. Je suis sortie, et là, horreur ! Mon fils était dans le jardin d'à côté et se dirigeait vers le chien. Je l'ai appelé, je lui ai hurlé de revenir, mais il a continué à marcher et le chien aboyait et montrait les dents. Soudain, le silence. Le chien s'est mis à gémir et quand mon fils a posé la main sur lui, il s'est couché devant lui…

— Il avait quel âge ?

— Trois ans. Et je pourrais te raconter des dizaines d'anecdotes comme celle-là. Les oiseaux, même les plus craintifs, se posaient sur ses mains. Quelques années plus tard, il a commencé à nous ramener quantité d'animaux et même des insectes. C'est vrai qu'au début on trouvait ça charmant, Régis et moi. Il était si mignon avec ses bouclettes blondes et ses grands yeux bleus ! Seulement, les années passant, il a voulu adopter des chiens et des chats errants, sans parler des serpents pythons, des mygales, des chinchillas… Ces bêtes que les gens achètent pour s'amuser et qu'ensuite ils ne veulent plus…

Le silence retomba entre elles. Magali paraissait perdue dans ses souvenirs.

— Quel âge a-t-il maintenant ?

— Quinze ans, répondit Magali, et il a un caractère ! Régis n'a aucune autorité sur lui.

— Rappelle-toi comment nous étions à son âge, et le désespoir de nos parents ! remarqua Isabelle.

— Toi, pas moi ! protesta Magali. Et tu verrais sa chambre ! Ce n'est pas une chambre, c'est une tanière !

— Eh bien, allons la voir ! déclara Isabelle en se levant.

— Oh non ! Je n'oserais pas y rentrer.

— Toi alors, tu n'as vraiment pas changé ! C'est de la chambre de ton fils dont nous parlons, nous ne commettons pas un crime en la visitant !

— Bon, bon, d'accord. Suis-moi.

Et Magali entraîna son amie vers une porte close sur laquelle était scotchée une grande photo représentant la jungle amazonienne avec une phrase au feutre rouge : *Save the Earth !* Sauvez la Terre !

Elle entrouvrit la porte et s'écarta pour laisser passer Isabelle. Un épais rideau noir formait sas.

— Fais attention, certains de ses pensionnaires se baladent en liberté !

— Magali ! fit Isabelle sur un ton de reproche, tu oublies que je reviens du Honduras et que j'ai vécu aux quatre coins de la planète y compris en pleine jungle brésilienne avec les Indiens kulina. Les araignées, les bêtes fauves, les serpents, je connais.

— Pardon, s'excusa Magali en refermant soigneusement la porte derrière elles et en soulevant l'épais tissu pour que son amie puisse entrer.

— Ah ! fut le seul commentaire d'Isabelle.

La pièce était vaste, mais si encombrée qu'on n'y pouvait faire un pas sans buter sur un obstacle. Il y régnait une atmosphère chaude et humide comme dans une serre. Sur les étagères, des vivariums où somnolaient des reptiles, des terrariums pleins de tarentules et de mygales, des aquariums, quelques cages ouvertes sur le sol, des plantes carnivores, des orchidées…

Et dans un coin, un lit de camp sous lequel était glissé un coffre. Sur une minuscule table basse était posé un ordinateur portable.

— On lui a laissé notre chambre, commenta Magali, il avait besoin de place. Pas pour lui mais pour ses protégés.

Isabelle ouvrit des yeux ronds, mais ne dit rien. Elle était bien trop fascinée par ce qu'elle découvrait.

Au plafond, maintenue par des câbles métalliques, flottait une énorme maquette de bateau. Un bateau comme jamais elle n'en avait vu, sauf peut-être en gravure. Une sorte de galion ventru surmonté de trois gigantesques mâts. En dessous étaient accrochés des plans. Chaque pont, et il y en avait quatre, recelait des centaines de cabines de toutes tailles. Des schémas détaillaient le système de chauffage et de propulsion solaire, la voilure, la machine à dessaler l'eau de mer…

Quelque chose frôla le pied d'Isabelle ; elle baissa les yeux et vit un énorme python qui glissait lentement sur le lino. Magali se retint de crier et commença à battre en retraite vers la sortie. Isabelle ne bougea pas. Par la fenêtre, elle avait remarqué une série de baraquements et d'enclos dans le jardin de derrière.

Elle les désigna du doigt et demanda :

— Qu'est-ce que c'est que tout ça ?

— Des clapiers, entre autres. Il y a plein de bestioles là aussi : poules, coq, lapins, renards, et aussi des chèvres, des moutons… Mâles et femelles pour la reproduction.

Isabelle avait déjà détourné le regard, détaillant ce que le garçon avait épinglé sur les murs et au plafond. Des photos de massacres d'animaux, des articles sur la déforestation, sur le massacre des tribus indiennes d'Amazonie, de vieilles coupures de presse sur la mort de Chico Mendes, entourées de coups de stylo rageurs. Des peintures aussi, représentant la mer, une mer déchaînée, noire, effrayante, avec des vagues hautes comme des immeubles et des éclairs zébrant le ciel. Une vision d'Apocalypse.

– Tu viens ? fit Magali d'une toute petite voix. Il ne va pas tarder et il détesterait nous trouver dans sa chambre.

Pensive, Isabelle suivit son amie jusqu'au salon. Magali resservit à boire et elles se laissèrent tomber sur le canapé. Il était temps, la porte d'entrée claqua.

Magali rougit comme une enfant prise en faute. Un garçon entra. Il était très grand, blond, plutôt maigre et habillé d'un caban bleu, un sac de marin à l'épaule.

– Salut! dit-il à sa mère sans paraître remarquer la présence d'Isabelle.

Magali voulut lui présenter son amie, mais une deuxième porte avait claqué. Son fils s'était déjà enfermé dans sa chambre.

– Il ne t'a même pas dit bonjour.

– Ce n'est pas très grave, tu sais.

Quelques secondes plus tard, une musique singulière envahissait le pavillon de banlieue.

– Qu'est-ce que c'est ? demanda Isabelle.

– Le chant des baleines du Groenland, à moins que ce ne soit celui du rorqual de bryde. Depuis un mois, il ne passe plus que ça. Avant c'étaient le chant des oiseaux d'Amazonie et la parade nuptiale des crapauds. Des fois, j'adorerais qu'il écoute du rap et qu'il reste devant une console de jeux pendant des heures en buvant du Coca et en mangeant des pop-corn ! Non. Je ne sais plus.

— Pourquoi te laisses-tu envahir comme ça ? demanda Isabelle, indignée.

— Parle moins fort, il va t'entendre !

— Mais c'est pas vrai ! s'indigna la jeune femme. Tu es chez toi ou tu habites chez ton fils ? Vous lui donnez votre chambre à coucher, il s'attribue votre jardin, bientôt il vous demandera d'aller vivre ailleurs !

— Oh non ! protesta son amie. Il ne ferait jamais ça. Mais tu comprends, j'ai tellement peur de le perdre. C'est mon seul fils.

— Ce n'est pas une bonne raison. Tu te laisses dévorer. Regarde-toi, tu n'oses pas parler normale-ment, tu murmures ! Tu es chez toi, Magali, chez toi !

— Il est rude, tu sais. C'est vrai que des fois, il me fait peur. Les erreurs des hommes le mettent dans de telles colères !

— De quelles erreurs parles-tu ?

— Avant, on regardait les informations ensemble, eh bien, nous avons arrêté. Une émission sur la vache folle, le dernier communiqué sur la grippe du poulet, un accident dans une centrale nucléaire, des inon-dations le mettaient dans des états ! Soit il était abattu, dépressif, vraiment désespéré, soit il explosait. Un jour, il a jeté la télé par la fenêtre. Il n'avait que treize ans.

— Jeté la télé par la fenêtre ! Mais enfin, ce n'est pas possible que vous vous laissiez faire à ce point-là ! s'exclama Isabelle, sidérée.

— Oh, mais ce n'est pas tout, murmura Magali. Il n'a pas un seul ami ni de petites amies. Il est muet, renfermé. Tu as vu, il ne t'a même pas accordé un regard ni dit un mot. À côté de ça, il participe à des dizaines de manifestations. Il signe des pétitions pour la protection de l'environnement, contre le nucléaire, pour la sauvegarde de la forêt amazonienne, contre le sulfatage, la culture des OGM. Il a même écrit au président de la République…

— Tu as pensé à l'emmener voir un psy ?

— Oh non… Enfin oui, mais…

— Mais tu n'as pas osé, acheva Isabelle à sa place. Quels sont ses résultats au lycée ?

— Excellents dans les matières qui le passionnent : géographie, sciences naturelles, dessin, mathématiques et musique. Désastreux pour le reste. Tu as vu, il dessine, les tableaux de mer dans la chambre, c'est lui, et il fait des maquettes dont il crée les plans. Son autre passion, c'est les bateaux. Il veut devenir charpentier de marine.

Le cri des baleines emplissait la maison. De plus en plus fort. Plaintif, lancinant, étrange. Une langue inconnue, incongrue dans ce pavillon de banlieue surchargé de bibelots, au mobilier confortable, aux murs tendus de tissu à fleurs.

Isabelle repensa aux tableaux représentant une mer déchaînée, à la « tanière » de l'adolescent.

Et si tout cela basculait ? Finissait mal ? Un de ces terribles faits divers qui vous donnent le frisson ? Si ce garçon inquiétant devenait un monstre ?

La porte de la chambre se rouvrit.

L'adolescent traversa la pièce et s'arrêta devant Isabelle, la dévisageant sans mot dire. Elle avait l'impression qu'il avait « entendu » ces dernières pensées.

– Bonjour, fit-elle d'une voix moins assurée qu'à l'accoutumée.

Il ne répondit pas. Ses yeux d'un bleu intense ne cillaient pas. Son regard était impossible à soutenir. Enfin, c'est d'une voix singulièrement décalée, trop rauque pour ses quinze ans, qu'il dit :

– Ne me méjugez pas. Vous savez que j'ai raison. Vous, vous devez le savoir.

– Je…

Mais il avait déjà tourné les talons et regagné sa chambre. Isabelle resta stupéfaite. Jamais de sa vie elle n'avait croisé quelqu'un comme lui. L'impression qu'en quelques secondes il avait compris qui elle était vraiment. Au-delà des mots et des apparences.

Le cri d'une mouette la fit sursauter.

Elle comprenait l'inquiétude de son amie et la distance qu'il y avait entre elle et ce « personnage » qu'elle avait engendré. Cet étranger qui aimait la Terre et rêvait de protéger les animaux et la nature. Ce garçon révolté.

Elle savait, elle qui avait parcouru la planète en tous sens pour panser les plaies laissées par les hommes, à quel point les sujets qui le mettaient en colère étaient brûlants. Elle avait vu, de la Bosnie au Brésil, de l'Antarctique à la Côte-d'Ivoire, à quel point il avait raison. À quel point, il était temps de se mettre en colère.

– C'est la première fois qu'il parle à quelqu'un d'autre que nous, remarqua Magali, étonnée.

– Ah oui, répondit distraitement Isabelle.

— Peut-être que si tu restais un peu avec nous, tu arriverais à changer les choses. Régis, mon mari, est bien trop doux. Et puis lui, une fois son travail terminé, il n'y a plus que son journal qui l'intéresse et sa collection de timbres. Et il n'y a pas de soirée où mon fils ne s'énerve pas. À propos de tout, des quotas de pêche, des espèces disparues, des pesticides qui polluent les nappes phréatiques, de la qualité de l'air, des trous dans la couche d'ozone, des emballages, du plastique partout, de notre façon de manger ou de boire !

— D'où la disparition de ton Coca Light.

— Oui. Et il est végétarien.

— Je comprends mieux la salade que nous avons préparée pour ce soir. Toi qui adorais la viande rouge et les poulets grillés !

— Je n'aime plus ça depuis qu'il m'a expliqué comment ça se passait. En même temps, je sais qu'il a raison. Il m'a fait installer un économiseur d'eau dans la salle de bains. Il veut que nous posions des plaques solaires sur le toit. Je sais que nous faisons tout de travers, Isabelle. Que trier le verre et le plastique ne suffit pas à sauver la planète, mais c'est tellement plus simple, moins fatigant…

Elle s'arrêta net. Un bruit de moteur, le gravier qui crisse devant la maison.

— Oh, voilà mon mari qui arrive !

Il était vingt heures précises.

Régis entra et, avant de saluer quiconque, ôta son imper et son écharpe qu'il pendit soigneusement au portemanteau de l'entrée.

Il posa un baiser distrait sur la joue de sa femme et se dirigea, la main tendue, vers Isabelle. C'était un petit homme rond et doux, au regard rêveur caché par de grosses lunettes. Vingt ans de plus que Magali, un travail dans les assurances, des cheveux uniformément gris.

« Il pourrait être son père, songea Isabelle, mais elle a toujours cherché des gens qui la protègent. »

– Vous devez être l'Isabelle de Magali ! L'aventurière ! s'exclama Régis avant de se diriger vers un gros fauteuil recouvert d'un tissu à fleurs où il se laissa tomber pour défaire ses lacets. Ravi de vous rencontrer.

– Aventurière, si on peut dire… Et vous, vous êtes Régis. Moi aussi, je suis contente de faire votre connaissance.

Le silence retomba, juste troublé par le chant insistant des baleines et, tout au fond, le bruit des vagues.

– Le repas est prêt, fit Magali.

– Oui, ma chérie, dans un instant.

Régis, après avoir enfilé ses chaussons, avait filé vers un petit pupitre d'écolier placé sous l'escalier menant au premier. Il y alluma une lampe et sortit de sa poche une enveloppe de papier kraft.

– Tu ne devineras jamais, ma petite biche, fit-il en s'adressant d'un air triomphant à sa femme. J'ai enfin trouvé mon cinquante centimes ! Tu te rends compte ! Depuis le temps que je le cherchais !

Il saisit délicatement le timbre avec une pince spéciale et attrapa un des albums empilés sur l'étagère à côté de lui.

Magali acquiesça tout en s'activant autour de la table, rectifiant la place des serviettes, des verres et des couverts. Le regard d'Isabelle allait d'elle à Régis,

91

absorbé dans la contemplation extatique de son dernier achat.

— Tu es prêt, mon chéri ?

— J'arrive, fit Régis en éteignant à regret sa lampe. Nous mangeons quoi ?

— Une salade composée… J'ai rajouté des œufs durs.

— Ah.

— Je vais appeler le petit.

Elle traversa la pièce, alla frapper à la porte et cria :

— Noé ! À table, c'est prêt ! Noé, tu m'entends ?

Délivrance

Jean-Paul Nozière

Les projecteurs s'éteignent. Sur la scène, deux corps sont allongés sur un sol couvert de poussière rouge. Un homme, une femme. Au fond, le décor monté sur un haut praticable représente une impressionnante falaise rocheuse. Le jour se lève. L'homme et la femme se mettent debout.

— En route, Hugo. Il ne faut plus tarder si nous voulons atteindre la falaise avant la nuit. Le soleil est déjà une coulée de lave.

— Je n'en peux plus, Inès. Je n'en peux vraiment plus.

— Cesse de gémir. Tu ne fais que ça depuis notre départ. Si je n'étais pas là…

— Si tu n'étais pas près de moi, Inès, pourquoi je vivrais ? À quoi bon ? Je suis fatigué, si fatigué. Nous marchons depuis deux mois. J'ai si faim, si soif.

– Il n'y a plus rien à manger, Hugo. Il reste à peine de quoi boire trois fois d'ici la falaise.

– Le chien ?

– Oh, Hugo, tu es désespérant ! Marche plus vite avant que le soleil n'essaie de nous fondre. Tu veux que nous devenions de la poussière rouge ? Tu sais très bien que nous avons mangé entièrement le chien. J'ai eu beaucoup de chance de tomber sur lui, la nuit où je l'ai tué. Je croyais qu'il n'en existait plus nulle part. Il était maigre et faible. Si faible qu'il n'a pas cherché à fuir et n'a pas bronché quand j'ai posé le canon du pistolet sur son ventre.

– Sa viande était délicieuse. D'y penser me donne encore plus faim. Tu sais, Inès, quand j'ai vu le chien mort, ça m'a fait un choc. J'avais oublié à quoi ressemblait un animal.

– Tu oublies tout, Hugo, parce que tu refuses d'ouvrir les livres. Tu aurais dû les ouvrir. Ils disent comment c'était. Ils racontent les animaux, les plantes, les fleurs. La vie. Tu as même oublié nos deux chiennes, Loïca et Lola.

– Inès ! Il y a si longtemps !

– Marche plus vite, Hugo. C'était il y a dix ans.

– Tu les as tuées et nous les avons mangées. Ne crois pas que j'ai oublié ça. Donne-moi une gorgée, seulement une gorgée avant d'entamer la pente qui mène à la falaise. Je te promets, Inès, qu'après je ne réclamerai plus.

– Non, Hugo, ou nous mourrons avant d'atteindre la falaise. Il n'y a pas une seule goutte d'eau autour de nous, à part ce que contient la gourde. Marche, Hugo, et parle-moi. Tu oublieras ta soif.

— Cette nuit, je ne dormais pas. Je t'ai entendue partir en chasse.

— J'ai cherché pendant trois heures et pas une seule goutte, Hugo. Les rivières ont disparu depuis longtemps. Tout autour de moi, des ombres rôdaient et cherchaient. J'ai eu très peur.

— On aurait pu te tuer, Inès.

— Oui, mais la lumière de la lune suffisait à montrer que je ne portais rien, alors à quoi bon ? Les ombres des autres chasseurs ne portaient rien non plus, sinon…

— Sinon, Inès ?

— Hugo !

— Tu aurais tué l'ombre qui possédait l'eau ? Même si près du but ?

— Oui, Hugo, et tu le sais. Nous sommes partis depuis deux mois et je l'ai déjà fait, parce que…

— Parce que je suis faible, Inès. Parce que si tu n'avais pas tué pour voler l'eau, je ne serais pas parvenu jusqu'ici. Oui, Inès, je le sais. Sans toi…

— Sans toi, Hugo, je n'existe pas non plus. Ne l'oublie jamais. Tu peux tout oublier, même à quoi ressemblait la vie du temps de Loïca et Lola, mais n'oublie jamais notre amour. Jamais. Dans les livres que tu refuses d'ouvrir, on raconte qu'autrefois les premiers hommes tuaient pour voler le feu. Nous sommes redevenus des barbares qui tuons pour l'eau. Qu'est-ce qu'on y peut, Hugo ? Qu'est-ce qu'on y peut ? Ce soir, si Dieu le veut, nous atteindrons le sommet de la falaise et la vie reprendra comme elle est écrite dans les livres.

— Inès ! Comment oses-tu parler de Dieu ? Le soleil calcine le sol et élimine la vie, et toi tu invoques le dieu ricanant responsable de cet enfer.

— Dieu n'y est pour rien, Hugo. Si tu ouvrais les livres, tu saurais que Dieu n'y est pour rien. Ils disent comment les hommes ont détruit peu à peu…

— Pas nous, Inès! Le désastre s'est produit il y a si longtemps. Nous sommes nés dans cette poussière, sous ce soleil. Il a bien fallu… Je hais Dieu.

— Peut-être, Hugo. Plus personne ne sait qui est vraiment responsable. Calme-toi. Si nous marchons plus vite, nous serons en haut de cette pente d'ici trois heures et après… Mon Dieu, je ne parviens pas à croire que nous serons si proches du sommet de la falaise. Je jetterai le pistolet, oui, Hugo, je te le promets, la première chose que je ferai sera de me débarrasser du pistolet. Il me fait horreur. Notre nouvelle vie commencera et l'arme ne servira plus à rien.

— Dis-moi comment ça sera, Inès, quand on arrivera à la falaise.

— Je te l'ai raconté dix mille fois! Marche, Hugo, marche plus vite : le soleil se teinte de rouge et c'est mauvais signe.

— Je veux l'entendre une dernière fois avant d'être en haut de la falaise, avant de descendre le chemin qui s'enfonce dans la grotte. Raconte, Inès, et j'oublierai ma soif.

— Ce sera le bonheur, Hugo, un magnifique bonheur, comme le décrit le livre qui dit comment atteindre ce paradis. Des dizaines de cascades d'eau pure se déversent dans la grotte. Au fond coule une rivière verte et silencieuse [1]. Elle se perd dans des

---

1. *Une rivière verte et silencieuse* : titre d'un roman de Hubert Mingarelli.

lacs merveilleux. Sur leurs rives, grâce à notre travail, jailliront jour après jour des fleurs, des plantes et même des arbres.

— J'ai oublié à quoi ressemble un arbre.

— Tu mens, Hugo. Je t'ai montré les images dans les livres. Tu le fais exprès pour que je te raconte, mais je suis fatiguée.

— Il y aura des animaux, Inès ?

— Bien sûr, Hugo, puisque nous serons au paradis. Des milliers d'animaux, comme avant.

— Inès ?

— Oui, Hugo ? Ne t'arrête pas. Parle en marchant. Tu vois le tourbillon de poussière, là-bas ? Il ne nous reste que peu de temps.

— Inès… Notre paradis… tu… tu m'as juré que…

— Je t'ai juré tellement de choses. J'oublie, moi aussi, Hugo.

— Tu m'as juré… Tu as promis que nous ne serions plus seuls, qu'il y aurait d'autres humains. Je ne supporte plus notre solitude, Inès. Nous marchons depuis deux mois avec seulement ces ombres menaçantes autour de nous, la nuit.

— Tu crois donc si peu en moi, Hugo ?

— Je ne sais pas ! Je ne sais plus !

— Ne crie pas, Hugo ! Je t'en prie, ne crie pas !

— Alors, raconte comment ça sera au lieu de me faire mourir d'impatience !

— Tu as vu les pas imprimés dans la poussière, Hugo. Ils se dirigent vers la falaise. D'autres que nous ont lu les livres et connaissent le paradis.

— Alors, dis-moi ! Parfois, tu m'exaspères ! En plus, ça te fait rire.

— Oui, tu me fais rire, Hugo. On dirait un enfant.

— Un enfant…

— Je ne prononcerai plus ce mot, Hugo, pardonne-moi. En haut de la falaise existe une cavité que nous trouverons facilement. Le livre raconte qu'elle est comme un porte-voix. On entend depuis là les chutes d'eau s'écraser au fond de la grotte. On entendra les voix et les rires de ceux qui seront arrivés avant nous. Tout près du trou commence le chemin qui descend vers le paradis. Ce sera la fin de notre long voyage, Hugo.

— Et tu jetteras le pistolet, Inès ?

— Je le jetterai. Il ne servira plus.

— Si les livres se trompaient, Inès ? Si…

— Tais-toi, Hugo ! Avance ! Les livres ne mentent pas. Souviens-toi : ils annonçaient ce que deviendrait la Terre si l'homme perdait la raison. Et nous avons perdu la raison, Hugo.

— Nous sommes arrivés. Bois l'eau qui reste, bientôt elle coulera à profusion.

— Je ne vois rien !

— Tu ne vois et n'entends jamais rien, Hugo. Je dois toujours forcer les barrières qui sont en toi. Tu manques de foi au point de refuser de voir ce qui crève les yeux ou d'entendre ce qui perce les tympans. Tu me fatigues.

— Ne me parle pas ainsi, Inès. J'ai tellement besoin de toi. Même de tes yeux, oui, je m'en rends compte.

— La cavité située au-dessus de la grotte se trouve exactement sous nos pieds. Couche-toi dans la pous-sière, comme moi, et écoute au lieu de parler.

— Je n'entends rien, Inès, ni l'eau couler ni les voix,

rien. Nous sommes fichus. Tu m'avais promis… Les livres mentaient… Inès ! Inès !

— Tu n'entends vraiment pas ? Tu ne joues pas une de tes comédies habituelles, Hugo ? Alors, ta surdité s'aggrave. Elle m'inquiète. Tu te souviens de la nuit pendant laquelle les ombres nous ont attaqués ? Tu n'as pas entendu les détonations avant que je hurle de douleur quand une balle a traversé mon épaule. Appuie ta tête contre le sol, Hugo, enfonce ton oreille dans la poussière et tu entendras. Cesse de pleurer, ça ne sert à rien. Moi, j'entends. Tout.

— Tu entends, Inès, c'est vrai ?

— T'ai-je jamais menti, Hugo, durant ces trente dernières années pendant lesquelles nous avons vaincu ensemble tant de dangers ? T'ai-je menti une seule fois ?

— Non, c'est la vérité. Tu ris, maintenant, et ton rire me rassure. Tu ris parce que je suis tellement sourd ou parce que je pleure comme… comme…

— Comme un enfant, Hugo.

— J'ai beau enfouir mon corps entier dans la poussière, je n'entends toujours pas les bruits provenant de la grotte, Inès.

— C'est sans importance. Je suis là. Cette cavité est comme une bouche ouverte.

— Puisque tu entends, Inès, dis-moi ce que les bruits promettent. Dis-moi comment ça sera.

— Ferme les yeux, Hugo, et regarde dans ta tête. Je vais te raconter si bien que tu pourras presque le voir. Après, nous commencerons à descendre le chemin qui conduit à la grotte. J'entends le ruissellement de l'eau, Hugo, j'entends une mer qui bouge sous nos pieds et j'entends aussi les rires des femmes,

des hommes et des enfants qui s'y baignent entièrement nus. J'entends…

– Inès ?

– Oui, Hugo ?

– Tu inventes, n'est-ce pas ? Tu inventes pour me
rassurer. L'eau n'existe pas. Il n'y a personne dans la
grotte. C'est ça, hein, c'est ça ? Dis-moi la vérité,
Inès, dis-moi une dernière fois la vérité avant que
demain nous sépare pour toujours.

– Hugo, tu veux une preuve que j'entends la vie
sous nos pieds, une preuve irréfutable ? Si je te la
donne, tu descendras avec moi dans la grotte ?

– Oui.

– Ton désespoir ne sera pas plus fort que ma preuve ?

– Non, Inès, je te le promets.

– Si je lance un objet du haut de la falaise, Hugo,
crois-tu possible que nous puissions le retrouver,
même en le cherchant ?

– Bien sûr que non, Inès, mais…

– Tu te souviens, Hugo, que j'ai promis de me
débarrasser du pistolet si nous arrivions au paradis ?
Nous sommes arrivés, Hugo, et je tiens ma promesse.
Regarde.

– Non…! Inès…! Non…!

*L'arme tombe du sommet de la falaise et s'enfonce
en bas, dans la poussière rouge. L'homme et la femme
commencent la descente du chemin qui conduit à la
grotte.*

Les projecteurs se rallument. La salle applaudit.

Longue vie
à Monsieur Moustache

Mikaël Ollivier

Paris,
septembre 2004

– Les salauds ! murmura Sophie. Les cons, les
sales cons !…

Elle jeta rageusement la lettre mais le papier
tomba au sol avec l'exaspérante lenteur d'une feuille
morte en automne. La jeune femme resta figée un
instant, perdue, puis décrocha son téléphone. Elle
composa le numéro de portable de Marc en priant
pour qu'il soit joignable. Lui seul saurait la calmer,
rien d'autre que sa voix parviendrait à apaiser ou à
libérer – ce qui revenait au même – les larmes qui
s'amassaient dans sa gorge.

– Marc, c'est moi !

– Qu'est-ce qui se passe ? Je suis en…

– Ils me coupent les crédits. Ces connards refusent
de prolonger les recherches.

Plusieurs secondes passèrent avant que Marc ne
réagisse. Sans doute cherchait-il les bons mots.

– Je suis désolé, ma chérie.

Sophie fondit en larmes. Enfin.

– Je suis désolé… Mais on s'y attendait, non ?

Sophie poussa un gémissement d'enfant boudeur en guise de réponse.

— On en a déjà beaucoup parlé, poursuivit Marc. Tu étais la première à dire qu'ils n'allaient pas laisser les vannes ouvertes indéfiniment sans résultats concrets. Sans la guérison totale de Monsieur Moustache !

— Je sais ! lança Sophie. Mais c'est trop bête, je suis sûre que j'étais à deux doigts de réussir…

— Tu les connais mieux que moi ! La conviction ne suffit plus ; il y a belle lurette que la recherche est devenue une affaire de gros sous…

— Il aurait suffi de faire rapatrier de nouveaux spécimens !… Encore quelques tentatives et j'allais…

— Sophie, calme-toi. Ne recommence pas à tourner en rond. Tu as déjà toutes les réponses…

— Mais…

— Mon cœur, on en reparlera ce soir. J'étais en ligne avec ma belle-sœur, il faut que je la reprenne. L'état de sa fille s'est aggravé.

— Alice ?

— Oui. Et avec Franck qui est au bout du monde, c'est la panique complète. Mais je te raconterai plus tard, ma chérie. D'ici là, promets-moi de te calmer. Je comprends ta déception. Je suis déçu aussi. Mais tu es jeune, ta carrière ne fait que commencer, tu…

— Ce n'est pas une question de carrière, Marc, je…

— Je sais. Il faut que je raccroche, là. À ce soir. Je t'aime.

— Je t'aime aussi.

Sophie reposa son téléphone. Apaisée. Comme toujours avec Marc. Sa voix, de même que le contact de sa peau, agissait sur elle tel un filtre magique.

Était-ce cela qu'on appelait l'amour ? Elle avait passé trop de temps penchée sur ses livres et son microscope pour y connaître quoi que ce soit. Mais avec Marc, tout était simple, à sa place. Elle avait l'impression de l'avoir toujours connu alors qu'ils n'avaient pas encore fêté le deuxième anniversaire de leur rencontre, alors qu'elle n'avait toujours pas rencontré sa famille, ces parents qu'il redoutait à trente ans comme s'il en avait seize, ce frère aventurier passant la moitié de l'année à travailler plus ou moins illégalement dans la forêt amazonienne, avec qui il s'était récemment réconcilié après dix ans de brouille... Cette pensée la ramena à la lettre qui traînait maintenant au sol. L'Amazonie, d'où Marc avait rapporté cette apocynacée unique dont la ressemblance avec la *Catharanthus roseus* l'avait aussitôt frappée. Il faut dire qu'elle savait tout de cette pervenche de Madagascar qui avait été le sujet de son mémoire de fin d'études. Une plante que les Malgaches utilisaient depuis longtemps pour lutter contre le diabète, qui, du haut de ses trente centimètres maximum, renfermait plus de soixante-dix alcaloïdes, dont les racines recelaient l'ajmalicine, un formidable hypotenseur, et dont les parties aériennes comportaient de puissants agents bloquants de la division cellulaire utilisés contre la leucémie. Un miracle de la nature que les Américains avaient tenté de cultiver en masse pour finalement se rendre compte que ses caractéristiques médicinales étaient radicalement diminuées loin de la terre natale. C'était une évidence pour Sophie, comme le foie gras breton ou la truffe chinoise qui n'égaleraient jamais ceux du Périgord ! C'était une question de terroir, cette cuisine intime de la nature dont le savoir des hommes ne percerait jamais complètement les secrets.

Dès que Sophie avait regardé de près sa jolie « pervenche d'Amazonie », elle avait su qu'elle y trouverait des qualités proches de celles de sa petite cousine malgache. Et les résultats de ses premières analyses avaient été si spectaculaires qu'elle avait été aussitôt convaincue que Marc, par hasard, dans cette vallée perdue de la forêt amazonienne où son frère Franck démarrait l'un de ses mystérieux chantiers, avait mis la main sur un éventuel puissant remède à la leucémie. À vingt-six ans à peine, elle avait décroché un budget de recherches et s'était surprise le soir même à rêver le discours de remerciements qu'elle ferait à Stockholm, le jour de la remise de son prix Nobel. Et voilà que tout s'écroulait, parce que Monsieur Moustache, le gros rat blanc à qui elle avait inoculé une leucémie carabinée, ne se décidait pas à guérir.

– Où j'ai merdé ? se demanda Sophie en ramassant la lettre qui, quelques minutes plus tôt, lui avait appris qu'elle allait devoir renoncer à ses travaux.

Elle regarda sa montre : 10 h 28. Et Marc qui ne rentrerait qu'à 19 heures ! C'était samedi, mais elle préférait passer la journée au labo plutôt qu'à tourner en rond dans les soixante-trois mètres carrés de leur appartement.

– Pourquoi tu t'obstines à mourir ? demanda Sophie à Monsieur Moustache en se penchant vers sa cage.

Le gros rat ne daigna même pas lever son long museau, allongé, l'œil trouble. Mourant.

La veille encore, Sophie avait préparé une nouvelle injection, la dernière puisqu'elle avait épuisé ses réserves de « pervenche ». Elle comptait l'effectuer lundi, mais à quoi bon, désormais ?

— C'est trop bête, siffla la jeune femme entre ses dents. C'est quand même pas le bout du monde, le Brésil ! Si ? Bon, d'accord… Mais n'empêche ! Il m'aurait suffi de quelques pieds de plus. J'aurais été les chercher moi-même, s'il avait fallu !

Des mois plus tôt, Sophie avait consulté son gros atlas pour tenter de localiser la vallée où Marc, en visite auprès de son frère, avait ramassé la fleur. Le nord-est du Brésil, au sud de Belém, la capitale de l'État de Para, à soixante kilomètres à l'ouest de la grande route transamazonienne, perdue en pleine jungle à mi-chemin entre Acará et Tomé-Açu, le long de la rivière Acará-Mirim. Un bout du monde qui semblait le seul berceau de cette plante inconnue des spécialistes qu'avait contactés Sophie. Une étroite vallée dont elle avait rêvé de nombreuses fois.

Mais qu'elle ne verrait jamais.

— Fais un effort, putain ! lança Sophie qui continuait à parler toute seule. Lève-toi ! Allez ! Lève-toi et mange !

Mais Monsieur Moustache ne broncha pas, trop occupé à son agonie.

Sophie se redressa et fit quelques pas vers la fenêtre fermée de barreaux dont la peinture blanche partait en lambeaux. Le ciel était bleu dehors, et pourtant il pleuvait sur Sophie. Elle avait échoué. Il allait bien falloir qu'elle l'admette, de gré ou de force.

Une vallée sans nom, au nord-est du Brésil, trois jours plus tard

Franck s'était mis à haïr tout ce qui l'entourait et qu'il aimait tant avant. *Mata Densa*, cette forêt incroyablement dense, ses arbres gigantesques, le vacarme des animaux, les fougères géantes, les lianes, les hommes qui travaillaient sans relâche, le bruit des tronçonneuses, l'odeur du bois coupé, celui de la cendre chaude et humide, la pluie, la chaleur, les insectes partout, les reptiles, la rivière au lourd débit brun… Franck s'était mis à haïr le monde entier depuis qu'Alice était malade.

Il vivait comme en transe, écartelé entre son corps et son esprit, ses pieds posés sur le sol brésilien et ses pensées au plus près de son enfant chérie, là-bas, dans cet hôpital parisien. Il ne dormait plus, parcourait des kilomètres harassants à travers la forêt primaire pour pouvoir téléphoner à sa femme. Hier soir, les nouvelles avaient été mauvaises. Alice réagissait mal à la chimio. Les médecins n'étaient pas encourageants.

111

Franck avait passé trois jours à Paris un mois plus tôt, une semaine après que le verdict des médecins était tombé. Il avait trouvé bonne mine à sa fille. Bon moral, aussi. À la voir ainsi, il était impossible de se douter qu'elle était rongée de l'intérieur par la leucémie. D'ailleurs, Franck ne voulait pas y croire. Ce n'était pas possible. Pas elle. Pas sa fille. Pas Alice, sa merveille, son souci depuis seize ans, son bonheur, sa fierté. Pas le cancer. Pas Alice.

« Il va falloir vous préparer au pire », avait dit le professeur Le Gall à Nadine. Et cette phrase répétée au téléphone par la voix tremblante de sa femme vint frapper Franck au cœur avec onze heures de retard. Il tomba à genoux, épuisé, terrassé, et leva son visage vers le ciel. Ses larmes se mêlèrent à la pluie tiède. Les hommes les plus proches le regardèrent avec stupéfaction. Qu'arrivait-il donc au patron ces dernières semaines ? Était-il bien en train de pleurer ?

Franck s'en voulait d'être reparti pour l'Amazonie. Bien sûr qu'il ne pouvait laisser les hommes seuls plus de quelques jours dans la forêt ! Évidemment que trop d'argent était en jeu !… Mais sa place était auprès de sa fille, pas à des milliers de kilomètres d'elle. Et pourtant, rester aurait été une défaite, une capitulation. Rester aurait été l'aveu qu'effectivement, il se préparait au pire. Rester aurait laissé se glisser entre lui, Nadine et Alice l'ombre du mot qu'il se refusait même à penser. Et pour repousser l'idée de cette mort impensable, il avait dû mettre entre lui et son cœur les milliers de kilomètres qui l'avaient ramené ici, dans cette étroite vallée sans nom dont ses hommes abattaient les arbres, pillaient le bois déjà vendu à prix d'or en France.

Franck se releva et engueula l'homme le plus proche pour se donner une contenance.

– Qu'est-ce que tu regardes ? cria-t-il en portugais. Est-ce que je te paye pour faire du tourisme ? Au boulot, nom de Dieu ! Je ne veux plus un arbre debout dans cette vallée à la fin de la semaine ! C'est compris ?

À l'annonce de la maladie d'Alice, Franck avait doublé les salaires des hommes pour qu'ils accélèrent la cadence. Les tronçonneuses hurlaient jour et nuit désormais, et, à ce rythme, le travail serait terminé avant le mois d'octobre. Franck pourrait alors rentrer en France pour plusieurs semaines, plusieurs mois s'il le fallait… Déjà, cette vallée qui, un an plus tôt, n'était que luxuriance, ressemblait à un champ de bataille après un bombardement.

Franck marcha jusqu'à l'énorme amoncellement de grumes qui se trouvait derrière lui. Du bois que l'on disait exotique, en France, et qui ferait des parquets coûteux, des terrasses somptueuses, des abords de piscines de luxe. Son regard fut attiré plus loin par une chose rose au pied de la souche fraîchement tranchée d'un acajou. Franck s'avança et reconnut aussitôt la fleur dont Marc, son frère, avait ramassé plusieurs spécimens pour ramener en France quand, pour la première fois depuis dix ans, il était venu le voir au Brésil. Franck n'en avait plus rencontré depuis des semaines. Il y en avait pourtant partout, neuf mois plus tôt, mais le passage des pelleteuses et la chute des arbres avaient détruit la quasi-totalité des pieds. Franck repensa à Marc, à leurs discussions, ici même, au campement. Marc, son petit frère si différent de lui, ce rêveur, cet utopiste aux yeux de qui son travail l'avait fait passer pour un monstre si longtemps. Franck avait immédiatement constaté un changement en lui quand il était arrivé pour ce court séjour dans la forêt primaire. Marc avait une lueur nouvelle dans les yeux, une chaleur en même temps qu'une quiétude qui l'avaient décidé à venir faire la paix, malgré tout. Cela ne pouvait qu'être lié à cette nouvelle fiancée dont il lui avait parlé. Sophie, s'il se rappelait bien. Elle avait l'air d'être une fille bien. Une chercheuse, biologiste ou quelque chose comme ça. C'était pour elle que Marc avait ramassé les pieds de cette plante aux fleurs rosées.

Alice aussi aimait les fleurs. Elles se seraient certainement plu, toutes les deux…

Frank s'immobilisa aussitôt. *Seraient*. Il avait pensé *seraient*! Comme si Alice ne devait jamais rencontrer Sophie! Comme si…

C'était la première fois qu'il se surprenait à intégrer l'éventualité de la mort de sa fille à ses pensées, et cela le plongea dans une rage subite. Fou de douleur, de culpabilité, de haine et d'amour, il piétina la fleur à la base de la souche d'arbre, détruisant ainsi le dernier pied de cette « pervenche d'Amazonie » qui ne poussait que dans cette étroite vallée sans nom de l'est du Brésil.

Paris,
le même jour

Sophie leva le nez de son classeur. Le bruit venait de se reproduire, faible, aigu, répétitif. Sans doute la plomberie antédiluvienne de l'hôpital… Mais, trente secondes plus tard, le drôle de couinement se répéta, très distinctement cette fois, et la jeune femme se leva. Elle marcha vers la porte du labo et l'ouvrit, incrédule. Elle alluma la lumière et le vit aussitôt : Monsieur Moustache, debout près de son écuelle vide. Monsieur Moustache qui réclamait à manger pour la première fois depuis des semaines.

Sophie eut envie de crier, de pleurer, de danser.

Deux jours plus tôt, dimanche, elle avait rencontré la nièce de Marc, Alice, dans sa chambre d'hôpital. La petite avait une mine effrayante avec ses cernes bleus et ses cheveux presque tous tombés à cause de la chimiothérapie. Une jolie fille pourtant. Une jolie mourante de seize ans.

Sophie, le lendemain, était arrivée en colère au labo, révoltée contre l'injustice de la vie, de la mort,

115

contre les sommes misérables que l'on consacrait à la recherche, contre ceux qui lui avaient coupé les crédits. Par défi, par rage, elle avait fait à Monsieur Moustache la dernière injection préparée la semaine précédente. Puis, bien forcée, elle s'était attelée à contrecœur aux travaux de routine qu'on lui avait confiés suite à l'arrêt de son programme. Et voilà qu'aujourd'hui, Monsieur Moustache réclamait à manger, sur ses quatre pattes, en vie. En vie !

Elle avait eu raison. Depuis le début. Et cette fois, elle la tenait, sa preuve. Monsieur Moustache, c'était sûr, allait permettre de débloquer les crédits, de reprendre les recherches. Puisqu'il était désormais démontré, irréfutablement, que la « pervenche d'Amazonie » pouvait vaincre la leucémie.

Noir destin
pour plastique blanc

Florence Thinard

Moins 300 000 millions d'années

Ces temps-là ont été, pour la Terre, l'âge des cataclysmes. Des centaines de millions d'années durant, son écorce a été secouée d'effondrements, de plissements colossaux qui ont craché des continents et déchiré les océans. Ainsi, à l'équateur du globe, une immense vallée s'est creusée. Au fil des millénaires, ce précipice a été rempli par les eaux puis, frappé par un soleil ardent, a croupi en un marais fétide, s'est racorni en un désert stérile, de nouveau a été englouti. Des centaines de fois, l'eau a recouvert la vallée, et s'est évaporée en la tapissant de sel.

Puis un temps est venu où, dans la boue pestilentielle tiédie au soleil, a éclos la vie. Plusieurs centaines de siècles se sont écoulés encore. Des cellules primitives sont nées des algues rousses, brunes, vertes. Du plancton est apparu, et de minuscules coquillages, par milliards de milliards. Leurs coquilles vides se sont mêlées à d'infimes particules de roches arrachées par la pluie et le vent. Peu à peu, cette poussière s'est déposée en une épaisse vase blanchâtre dans les

119

grands fonds de l'océan que ne brassent ni les courants ni les marées.

Des milliers d'années encore, et le fond des mers a basculé pour s'enfoncer dans l'écorce terrestre. Sous une pression sans cesse croissante et une chaleur de plusieurs centaines de degrés, la vase blanche a été cuite, lentement, et s'est métamorphosée en un liquide sombre et visqueux. Sur cette nappe noire, de grandes dunes de sable balayées par des vents effroyables se sont accumulées, puis cristallisées en grès infranchissables. Les volcans ont vomi des coulées de lave, piégeant le pétrole sous d'énormes masses de cendres et de boues. Et la mer est revenue…

À des kilomètres de profondeur, au cœur d'une eau glaciale, d'une obscurité et d'un silence absolus, reposait désormais le précieux mélange de carbone, d'hydrogène, de soufre et d'oxygène que les hommes, dans des millions d'années, surnommeraient l'« or noir ».

Hiver de l'an 2000

« L'or noir a le prix du sang », murmura Aslan en frappant de sa mitraillette la paroi métallique de l'oléoduc qui résonna sourdement dans la nuit. À des centaines de kilomètres de là, des forages de la mer Caspienne, le pétrole jaillissait d'une source noire. Dans les immenses terminaux pétroliers de Bakou, le brut était injecté à des pressions inouïes dans l'oléoduc qui ondulait sur le désert pierreux tel un serpent géant. Des milliers de barils, jour et nuit, en un flot ininterrompu de sang et de dollars qui irriguait le cœur des industries de l'Occident. Aslan était déterminé à porter une blessure grave, sinon mortelle, à cette artère. C'était pour elle que son pays saignait sous la botte de l'occupant. Elle allait payer le prix.

À la jonction de deux tubes du pipeline un suintement alimentait goutte à goutte une flaque de boue noirâtre et, malgré le vent glacial qui dévalait des sommets du Caucase, l'air était saturé d'une lourde odeur d'hydrocarbures. Aslan s'effaça pour laisser Djokhar poser la caisse au sol. Aslan l'observa qui,

à l'aide d'un épais poignard, en faisait sauter silencieu-
sement le couvercle. À seize ans à peine, l'adolescent
était déjà un très vieil homme, dont les yeux mangés
d'ombre ne verseraient plus de larmes. Son enfance
s'était achevée le soir où les commandos russes
avaient encerclé son village et brûlé vifs les soixante-
deux habitants, parmi lesquels sa mère, ses sœurs et
leurs enfants. Depuis, Djokhar était devenu un
guerrier. Il avait dormi dans des caves sous le feu
roulant des bombardements, il avait tué, il avait
torturé, il s'était rompu aux techniques de guérilla
et savait lutter rue par rue, maison par maison, étage
par étage, pour disparaître soudain dans quelque
vallée profonde, ne laissant à l'ennemi qu'un village
éventré. Comme les autres combattants tchétchènes,
il savait aussi où trouver des armes et, pour les payer,
l'argent des trafics de drogue, de caviar, d'otages.
Mais surtout Djokhar montrait un talent inné pour
le maniement des explosifs.

Sous les doigts précautionneux du jeune homme
apparurent des cylindres épais, garnis de pâte rose et
collante, dont une simple gaine de papier paraffiné
contenait la terrifiante puissance destructrice. Djokhar
déposa les cartouches de dynamite sur la terre saturée
de pétrole, se gardant de tout choc, de tout frottement.
Il relia un cordeau à la charge et parcourut environ
deux cents mètres, à moitié plié, dévidant le câble
souple. Il franchit un talus escarpé, s'accroupit et
raccorda une boîte d'apparence inoffensive, dotée
d'une manivelle. Il leva alors les yeux vers Aslan et,
du menton, signala que l'engin était prêt. Le chef
rebelle s'assura que ses hommes étaient à l'abri, jeta
un dernier coup d'œil à la silhouette sombre de

l'oléoduc et, d'un geste sec, tourna la manivelle du détonateur.

D'abord arriva le son. Un fracas sec et massif qui fit trembler la nuit et se propagea dans un grondement de séisme. Puis vint le souffle, tel un mur projeté à travers l'espace, rocs et ferrailles balayés comme des poussières. Puis les flammes, immenses, blanches, orangées, écarlates, roulant des montagnes de nuages gras qui salissaient le ciel.

Aslan se releva et tapota l'épaule de Djokhar, assourdi par l'explosion. Ils partirent au trot vers le point de ralliement où patientaient les chevaux. Les hélicoptères de combat ne tarderaient pas. Mais il faudrait des jours, des semaines peut-être, pour maîtriser l'incendie. Derrière eux la fournaise, tel un monstre des enfers, s'abreuvait avec ardeur à la fontaine de pétrole.

Automne 2002

— Le pétrole ! Le pétrole ! Le pétrole, y en a marre !
Encore trois de morts, ce matin ! Une sterne et deux
huîtriers-pies !

L'œil vert furibond et la boucle noire en bataille,
Loïc lança sa parka sur le canapé.

— Retire tes bottes, j'ai fait les sols ce matin, répondit
sa mère d'une voix égale.

— On les a trouvés sur la digue du Braek, la sterne
respirait encore…

— À part ça, t'as vu de belles choses ? demanda sa
mère, soucieuse d'apaiser la colère du gamin avant
que le père n'intervienne.

— Trois guillemots qui barbotaient devant la
raffinerie !

— Rien d'autre ? Depuis sept heures ce matin
que tu es parti ?

— Si, des tas de grosses boulettes noires qui puent !

— Gamin, ce pétrole qui pue, c'est lui qui paye
ton pain !

Le père avait relevé la tête du journal et considérait
durement son benjamin. La mère soupira. C'était

reparti pour une dispute entre le gosse, fou d'oiseaux, qui passait ses dimanches à courir les plages de la mer du Nord avec son club de nature, et le père, ouvrier à la plate-forme pétrochimique de Dunkerque, dont le travail était l'orgueil de toute sa vie.

— Mais mon petit Monsieur l'Écologiste, qui est plus malin que tout le monde, il croit que ses bottes, elles sont en papier recyclé peut-être ?

Loïc ne put s'empêcher de lorgner ses bottes de pluie d'un air coupable. BANG ! Le coup de poing du père fit vibrer la table et sursauter la mère.

— Et tes stylos ? Et ta brosse à dents ? Et tes jumelles pour bayer aux corneilles toute la vingt dieux de journée ? Tu crois que ça pousse sur les arbres ? Eh non ! C'est du pétrole !

— Je sais, mais…

Pas de « mais » qui tienne, le père était lancé.

— Nous aut', au vapocraqueur, le pétrole, on le distille et on en tire nos cent quatre-vingt-dix mille tonnes de propylène et nos trois cent mille tonnes de polyéthylène, chaque année ! Et tous ces produits, c'est chauffé, moulé, étiré, expansé. Et ça en fait du travail pour des gars ! Et des camions de matière plastique qui s'en vont dans le monde entier ! Le plastique, c'est not' boulot. Et le boulot, c'est not' vie !

— C'est surtout ta mort ! lâcha Loïc exaspéré.

Il regretta sa phrase aussitôt.

Un silence de plomb s'abattit sur la cuisine. Un silence gris et lourd comme les radios des poumons qui s'empilaient dans le tiroir du buffet et qu'il avait regardées en cachette. Gris et lourd comme les fumées chargées de monoxyde de carbone, de dioxyde de soufre, d'oxyde d'azote, de cadmium, de mercure, de benzène que crachent les vingt-cinq kilomètres d'usines qui s'alignent du port minéralier de Dunkerque à la centrale nucléaire de Gravelines. Équipe de jour, équipe de nuit, depuis vingt ans, c'est dans ce nuage toxique que le père s'en est allé au turbin, sa fierté, son enfer.

Il baissa les yeux devant son garçon, fixa le journal sans le voir.

— Va faire tes devoirs.

Loïc ouvrit la bouche, ne trouva rien à dire, n'osa pas regarder sa mère et tourna les talons. Saleté de plastique.

Juin 2005

– Un plastique, siouplaît, m'dame.

D'un geste totalement automatique, la vendeuse tendit au client une poignée de sacs de caisse.

Jérémy en prit deux, rangea dans le premier un chapelet de paquets de chips et dans le second une bouteille de boisson à bulles. Il fourra le tout dans son sac à dos et s'éloigna en sifflotant dans la galerie marchande. Aujourd'hui, c'était son grand jour. Dans moins d'une heure, il retrouverait la bande pour monter pique-niquer sur les coteaux de la Garonne. Et sur son VTT noir, il y aurait Mélodie. Ses boucles de sirène, ses yeux tels ceux d'un chat qui aurait de l'humour, son parfum à la mandarine, ses dents blanches à croquer, ses lèvres… Jérémy s'aperçut soudain qu'il errait dans le parking, bien loin de l'endroit où il avait garé son vélo. Il rit et rectifia sa trajectoire. Depuis le début de l'année, pour capter l'attention de Mélodie, il s'était ruiné en poèmes par SMS. Il avait même bossé son anglais pour qu'elle puisse copier sur lui… Aujourd'hui, c'est sûr, il serait récompensé. Il l'avait lu dans les yeux de Mélodie, cet éclair tendre lorsqu'ils avaient organisé cette soirée, parlé d'apporter de la musique, de faire un feu. Là, quand la nuit tomberait, il prendrait sa main. Il l'éloignerait des autres pour marcher le long de la falaise et regarder la Garonne dérouler ses méandres en contrebas, et alors il… Un coup de klaxon excédé ramena Jérémy à la réalité, à savoir qu'il zigzaguait au milieu de la chaussée.

Le plan de Jérémy se déroula à la perfection jus-qu'au pique-nique où, pour une histoire débile de sac en plastoc, tout s'écroula.

Jérémy s'était évidemment assis à côté de Mélodie.

– J'ai des chips et du Pepsbulles saveur cactus ! proclama-t-il.

Mélodie fronça un sourcil à la vue des sachets de chips émergeant du sachet en plastique.

– T'as plutôt un sac de sacs…

– Faut bien que je les porte, bafouilla-t-il, pris au dépourvu.

– Tu les portes déjà dans ton sac à dos, observa Mélodie froidement. En plus, t'en as pris un autre pour la bouteille !

– Ben… oui ! Mais ils les donnent gratos, ajouta-t-il en se méprenant sur l'intention de la remarque.

– Tu rêves ta vie, toi ! cingla Mélodie. Tu t'ima-gines que les gentils hypermarchés font des cadeaux aux braves hyperconsommateurs qui remplissent leurs hypercaddies ? Les sacs sont gratuits… et tout le reste un peu plus cher !

Jérémy ouvrit sa bouteille de Pepsbulles et la tendit à Mélodie en guise de calumet de la paix.

– Un peu de cactus, ma douce ? proposa-t-il en rigolant.

La jolie fille s'envoya une goulée de bulles et revint à la charge.

– Ces trucs en polypropylène, c'est l'horreur ! Du pétrole en forme de sac, avec des tas de cochonneries chimiques dedans ! Et rien qu'en France, on en distribue dix-huit milliards par an, cinq cent soixante-dix sacs par seconde, soixante-douze mille tonnes de déchets à la sortie !

Jérémy resta abasourdi par cette avalanche de chiffres. Il s'était préparé à beaucoup de choses, mais pas à ferrailler avec une éco-guerrière. Il chercha précipitamment dans sa mémoire quelques moyens de défense.

– Il paraît qu'en les brûlant on peut chauffer des quartiers entiers.

– Super, persifla Mélodie, en même temps on envoie dans l'air un bon coup de gaz à effet de serre et de dioxines cancérigènes.

– Ouais, bon, grommela Jérémy, j'suis pas responsable des malheurs du monde !

– C'est ça, je pollue tranquillement dans mon petit coin et après moi le déluge !

Jérémy se rebiffa et commit LA grosse erreur.

– Tu me prends le chou avec ce plastoc, alors on le balance et on n'en parle plus !

Il froissa le sac dans son poing et le jeta derrière lui. Aussitôt, le vent s'en empara, le gonfla en une blanche montgolfière et l'emporta, direction la Garonne.

– Mais t'es un nain, toi… murmura Mélodie, atterrée.

— Oh, j'en ai ras la frange du plan Castor Junior,
« Sauvons l'Herbe Verte et les P'tits Oiseaux » !

— C'est toujours mieux que jouer le Schtroumpf
Cradoc ! rétorqua Mélodie, les joues pourpres. Dans
quatre cents ans, ce sac-là, il nous gâchera encore le
paysage.

— On s'en fout, on sera morts !

Mélodie lui jeta un regard capable d'incinérer un
déchet ménager et lui tourna un dos définitif.

Deuxième moitié du XXIe siècle

Deux torpilles vivantes et mouchetées de blanc fusent dans la grande houle verte de l'Atlantique. Une femelle de *Stenella frontalis*, ou dauphin tacheté, que suit sa fille, à peine adulte, telle une ombre parfaitement décalquée. Quelque trois cents kilos d'élégance aquatique, d'intelligence et d'énergie, parmi les dernières de leur espèce. Pourtant, cinquante ans auparavant, leurs congénères sillonnaient par dizaines de milliers les eaux tempérées du grand océan. Car, longtemps, la chance des dauphins tachetés fut de ne pas supporter la captivité et de s'y laisser mourir. Ils vécurent donc en paix, troupeaux joyeux et bondissants, ignorés des delphinariums. Mais aujourd'hui, le danger vient d'ailleurs. Il est informe, inodore, mortel et se cache au cœur de la mer nourricière.

Dans l'Atlantique, naguère prodigue en daurades, sardines, bars, cétaux, merlus, seiches… les cétacés doivent parcourir de longues distances pour trouver du poisson. À chaque seconde, les deux femelles émettent de très brefs signaux, qui agissent comme un sonar et leur révèlent le moindre obstacle, la plus petite proie. Mais la mer est vide. L'estomac de la jeune femelle se contracte douloureusement quand, tout à coup, elle capte un écho. Elle oblique aussitôt en plongée profonde. Son sonar lui donne des informations de plus en plus précises. Taille, poids, vitesse, consistance : c'est un calamar. Maintenant elle le voit, silhouette oblongue et blanchâtre, flottant entre deux eaux. D'un coup de mâchoire précis, elle le happe par son milieu et l'avale.

Dans l'œsophage du dauphin, la proie forme aussitôt une boule compacte, inhabituelle. La femelle déglutit, hoquette, se contorsionne, tente en vain de chasser l'intrus. Elle clame sa détresse par des rafales de sifflements paniqués. Sa mère la rejoint dans l'instant. Inquiète, elle l'examine, cherche sa blessure et, n'en trouvant aucune, tente de la ramener à la surface. Mais la respiration des dauphins est un acte volontaire et, dans sa grande terreur, le jeune cétacé reste en apnée, étouffe, s'asphyxie. Un dernier soubresaut, une gerbe de bulles sanguinolentes et son corps, soudain inerte, sombre en un lent tourbillon vers les grands fonds. Trois siècles encore, bien tassé dans son tube digestif, lui survivra le sac en plastique blanc.

Pour en savoir plus...

La Ligue ROC que préside Hubert Reeves se mobilise pour défendre la biodiversité.

Les succès des politiques de protection de la nature menées depuis plus de trente ans sont certains mais trop limités. Il n'y a qu'à considérer le si faible pourcentage du territoire que constituent les aires protégées et constater à quel rythme se dégrade la biodiversité « ordinaire » ! Les hirondelles se raréfient, tout comme les papillons...

« Nous sommes poussières d'étoiles », nous dit Hubert Reeves. Nous sommes tous constitués, de cellules dont les atomes fondamentaux (le carbone, l'azote ou l'hydrogène...) sont venus des étoiles. Nous sommes l'actuel résultat de l'évolution de la nature. Notre destin est indissolublement lié à elle.

Notre patrimoine naturel est vital à la fois pour la société actuelle et pour la société future. Il doit être au cœur de toutes les politiques. Il faut donc changer d'échelle.

Ce ne sera possible que par une prise de conscience généralisée.

La Ligue ROC veut contribuer à cet objectif en France. Consciente des graves menaces existantes sur l'ensemble des espèces vivantes dont la nôtre, désireuse de promouvoir des actions concrètes, elle a su réunir des philosophes, des juristes, des scientifiques, des administrateurs, qui l'ont rejointe. Revisitant et analysant les fondements des politiques de protection de la nature, au regard des évolutions des connaissances scientifiques, du contexte institutionnel, de la nécessaire décentralisation, elle propose des éléments de réflexion pour l'action.

Une politique du patrimoine naturel et de la biodiversité doit:

– porter sur l'ensemble de l'espace et reposer sur des principes de conservation des espèces et des espaces.

– s'appuyer sur un constat scientifique reconnu, sur les réalités biogéographiques, seule échelle pertinente.

– reposer sur un large débat public, avec ici, le rôle irremplaçable du monde associatif.

– responsabiliser les élus locaux, qui ont un rôle clef, dans un cadre contractuel qui les associe à l'État garant.

Il est temps de prendre en considération que:

– toutes les espèces, non-domestiques, non-cultivées sont à préserver en donnant toute sa force au statut juridique d'«êtres sensibles» de tous les animaux, domestiques ou non, car actuellement seuls les animaux ayant un propriétaire bénéficient de ce statut.

– le statut des espèces, au-delà des espèces protégées ordinaires, devrait s'articuler autour de deux notions claires d'espèces protégées en danger (avec protection stricte et action positive pouvant aller jusqu'au renforcement de la population relictuelle et même à la réintroduction) et d'espèces protégées prélevables (avec plans de gestion permettant l'éventuel prélèvement d'individus, leur statut de conservation étant à prendre en compte, tout comme d'autres critères).

– les espaces naturels devraient tous participer à un réseau écologique national de préservation réglementée, ou d'espaces appartenant à un réseau de gestion patrimoniale.

Ligue ROC
Reconnue d'utilité publique
Agréée au titre de la protection de la nature

Siège social: 26 rue Pascal – 75005 Paris
http://www.roc.asso.fr
roc-paris@roc.asso.fr

Contacts avec le Président Hubert Reeves
roc@nordnet.fr

Table des matières

Hubert Reeves
Terre, planète bleue 5

Pierre Bordage
Césium 137 9

Benoît Broyart
Bas les masques 29

Élisabeth Combres
Chasse aux gorilles 37

Christian Grenier
Je suis la vigie et je crie 51

Yann Mens
Grumes 67

Viviane Moore
Après moi, le déluge 79

Jean-Paul Nozière
Délivrance 93

Mikaël Ollivier
Longue vie à Monsieur Moustache 103

Florence Thinard
Noir destin pour plastique blanc 117

Pour en savoir plus 137